燃烧的麦田

韩浩月 / 著

江苏凤凰文艺出版社
JIANGSU PHOENIX LITERATURE AND ART PUBLISHING

自序

致每一棵麦子

1951年，塞林格的长篇小说《麦田里的守望者》第一次出版，这本书是世界各地许多青少年的青春启蒙读物之一。1888年，梵高创作了油画《麦田》，现收藏于巴黎罗丹美术馆，梵高一生画了数十幅麦田。对于很多人来说，想到“麦田”就会想到塞林格和梵高的作品。

文艺对于现实的干预是漫长且持久的，人一旦接受了某本书或者某幅画作制造的意象，它就会顽固地储存于脑海当中，一旦听觉或视觉触及关键词，那个意象就会在神经元的作用下，被推送到记忆前端，它会影响人对现实的认知和判断，制造一种海市蜃楼般的虚幻感，不少人挺着迷于这一感觉。

我把“麦田”与“燃烧”联系起来，起初是因为李沧东导演的一部电影《燃烧》，随后又牵扯出这部电影的原著小说——村上春树的《烧仓房》。电影和小说都没有涉及麦田的描述，但偏偏触动了我的神经元，让我想起少年时目睹的一个场面——麦田燃起了熊熊大火，燃烧过后一片灰烬，黑色的灰烬与救火后留下的水汪彼此分割又互相纠葛在一起，制造出一种奇异的场景，让人觉得不解又震撼。

人的念头一旦产生，就会蔓延不止，这个时候堵不如疏，越想禁止一个念头，它就会像生长在脑海里的海带，不停地扩张领地，如果干脆沉浸其中，在海市蜃楼中仔细地观察每一个细节，或许它还会很快消失。我想遏止自己不去想“燃烧的麦田”，但很遗憾，时隔二三十年之后，那片火越烧越广，当年那片不过几亩燃烧的麦田，现在恐怕已经几千亩几万亩了。

大海和天空是无法切割的，它们永远是一个整体。但麦田不是，再庞大的麦田，也会被小道、树林、田垄、沟渠分割成一小块一小块的，麦浪连绵起来会在视觉上让人忽略那些分割点，但理性会告诉人，麦田仍然属于小区域耕种的单子叶植物，人会在大海面前和天空下感到渺小，但很少会在麦田里感到渺小……但如果麦田燃烧起来就不一样了，火焰会把成块的麦田串联起来——有一年的新闻报道过，失火曾导致三个村庄的麦田被烧光。

世界各地有关麦田燃烧的消息，每年都会传来。那些正在着火或者火灭之后的麦田图像，通过发达的社交媒体被送到人们的视线当中，麦田着火，有的是因为战争，有的是因为纵火，还有一些莫名其妙的原因……目睹这些发生在异国他乡的景象，内心也会产生一种焦灼感，那是一个人内心对食物与庄稼最原始的感情被唤起的缘故，哪怕那刻你心静如水，一幅燃烧着的麦田的景象，也会让那内心的水面波动起来，面对千里、万里之外的麦田火灾，作为陌生人你无能为力，但那样的燃烧，打破了国别与文化的界限，可以说，麦田的丰富寓意，是属于全人类的。

在城市长大的人，大脑里会对“燃烧的麦田”没有什么概念，对他们而言，这完全是一个陌生的场景。即便在乡村，除非有人无意扔了烟头或者故意纵火，否则麦田也不会烧起来。所以，麦田燃烧是个极偶然的事件，但对我而言，这一场景非常重要，它掺杂了一种残忍且壮观的美学元素，它对人的想象力层面形成一种恐吓，同时目睹者内心不免又会产生一点放弃的痛快感，一次麦田燃烧事件，会成为村庄肌体上的烧伤，就像人文身之后很难再完美去除一样，一场麦田大火也会长久地停留在村庄记忆里，麦田之火虽然不会被写进村史，却会成为无数村民的“记忆文身”。

尚未成熟或者刚刚成熟的麦子有一种吃法，就是堆起一小堆野火把麦穗放在上面烧烤，接近烤熟时把麦粒搓在手里，然后放进口中，接下来就是满口腔的麦子体香，有时候把握不好火候，麦穗烤煳了，握在手里吃也不是丢也不是，那刻的尴尬境地非常微妙，它牵引出人与土地、人与粮食之间种种细密的联系，人与麦子的关系，就如同发生了冲突的亲人一般。从这个角度去理解，燃烧的麦田便是一个人生命内部裂变的图腾，它意味着死亡与新生、驻守与远离、认命与挣扎等种种矛盾体的碰撞。目睹麦田燃烧的人，在内心的激荡之后，往往又会陷入长久的平静，那是一份属于黄昏的平静，也是一份如涅槃之后般的永恒感受。

在有关故乡的消息当中，麦田失火的信息通过手机传进我耳朵里时，我长久地怔住了，你相信吗，有一种燃烧是可以顺着细细的长线把天空中的风筝化为灰烬的，那一刻我就想到了这一点。自此之后的几个月时间里，每每写到他乡与故乡，总是身不由己地想到“燃烧的麦田”这一景象，身体会燥热，会面红耳赤，也会因为无法觉察的清冷而起身去寻找外套，亦会在披上外套躺在沙发中失神的瞬间不知自己身在何处。在完整地体验完这一轮情绪波动后，我也拥有了那份平静。

麦田，燃烧。燃烧的麦田，麦田在燃烧……这发生在地球上的小小灾祸，在这小小灾祸中每一棵死去的麦子，每一颗消失的麦粒，和作为个体的一个渺小人类的命运何其相似。每一次凝视燃烧的麦田，其实就是检阅内心的土壤里生长着的那些“植物”，是枝叶饱满、果实壮硕，还是大火过后寸草不生。燃烧的麦田，是命运的预演。

基于此，给这本书起了“燃烧的麦田”这个名字。感谢《散文·海外版》执行主编王燕，这本书的写作缘起因她而来；感谢《湖南文学》主编黄斌、责编胡汀潞，给予这些文字的欣赏与鼓励；感谢江苏凤凰文艺出版社与责编姜业雨，能够让本书用我衷爱的方式与读者再次见面。

2023年6月6日

目录

上辑 / 陌生之地

下辑 / 带你回故乡

上辑 / 陌生之地

宇宙小镇

1

我不能暴露宇宙小镇的关键信息，因为一旦说出，所有人都会立刻知道它在哪里。几年前和几个朋友一起吃烧烤，喝酒时他说了一句话："你知道吗，那谁，都混到宇宙小镇去了。"当他意识到我也在那里居住时，有了一个下意识的捂嘴动作，意思是自己说错话了，不应该。其实没必要，我们这些住在宇宙小镇的人，平时也不大爱说自己住这里，大家都喜欢隐姓埋名，没准内心还有种感觉，错认为自己是远离江湖的"侠客"。

为什么把这个地方称为"宇宙小镇"？现在不是流行这样的说法嘛，大家都爱调侃自己居住的城市，比如"魔都""帝都"什么的。有个叫李雪琴的脱口秀选手，她说她妈认为"宇宙的尽头在铁岭"，那铁岭就成了宇宙当中一个重要的地方。我们没法说宇宙的尽头在我们这儿，更不能说宇宙的中心在我们这儿，但有一点可以确定无疑的是，小镇是宇宙中的一粒尘埃（可能连尘埃都算不上），但架不住它住的人多，住的人多了，说法就多，就杂，就乱，一个“宇宙小镇”可以统一说法，平息纷争，您都“宇宙”打头了，别人还能说啥？

我是2016年住进宇宙小镇的。在此之前也来过，从距离这不到二十公里的某个城区来，开着车，带着俩孩子，来这儿的游戏厅打电子游戏，一百元两百个币，痛快地玩一整天，玩累了吃完晚饭再赶回去，权当去乡下度个假了。过去没想过自己会住这儿，倒是有人提议过，大约是2004年的时候，说这儿房价便宜，八百元一平方米，零首付，开发商还送两千元的代金券，我严词拒绝了，说，谁去那鸟不拉屎的地方啊。

十年之后，2014年的时候，我那学习成绩不咋样的儿子，中招考试失利（跟我经常带他打游戏脱不开干系），公办的高中没一家能进去的，我都去邻县的七中问了，说这个分数，没法要。没办法，只能选择上私立，私立也要求分数，那段时间四处带他“赶考”，来宇宙小镇就是在“赶考”过程中，一个同样带儿子“赶考”的大姐告诉我的，去宇宙小镇呀，那里有所学校特别好，不看分数，交钱就能上。于是，2014年秋天，我开车把儿子扔在了宇宙小镇之后，绝尘而去。

没承想，到了2016年的时候，女儿的幼升小，也遇到了难题，她可不是因为成绩不行上不了学，而是遇到了别的难题。有了前边的经验，这样的难题已经难不住我了，走，去宇宙小镇，成为你哥的校友，用好成绩，一雪咱家前耻。

女儿移驾，这就是大事了，于是便张罗买房，那时候宇宙小镇的房价正是史上最高，我积攒了一二十年的银行卡里的数字全部清空，还得再贷款十年。这个时候的宇宙小镇，已经不是你看得起看不起的问题了，而是不贷款铁定买不起的问题。秋天的时候，女儿如愿上了小学，我们也在宇宙小镇的北部边缘安下家来。我们这些边缘人有个特点，走路爱靠边，选住的地方也爱靠边，这几十年，都是这么过来的。

2

纽约有个长岛，在20世纪20年代的时候，长岛的西端成了富人区，建了不少的豪华别墅，住满了权贵、明星、有钱人，而西端则杂乱无章，尘土飞扬，是底层人的地盘，菲茨杰拉德以当时的纽约市与长岛为背景，写了本《了不起的盖茨比》。当我住进宇宙小镇，开车行走在必须要打开汽车空调内循环才能阻止土味扑面而来的道路上时，总是忍不住想起这部小说。

隔着宽阔的海岸，西端的盖茨比经常在夜晚的时候，凝望着东岸照过来的灯塔射灯，他觉得那灯光，宛若他日思夜想的前女友黛茜的炽热眼神。碰巧的是，宇宙小镇与隔壁城区中间，也隔着一条河。只不过与长岛的状况不一样的是，居于东岸的宇宙小镇沿河长八公里，修建了一栋栋高楼，每当夜晚来临，所有小区都亮起灯的时候，灯火通明宛若天上的银河。而西岸，则是一片沉睡的乡村。

那一排沿河而建的房子，满足着写进人们骨子里“临河而居”的渴望，尽管那条河在十多年的时间里几近干涸，只能算是一条宽一点儿的臭水沟。房子有欧式的、美式的，就是没有中式的，小区的名字多以“维多利亚、曼哈顿、世纪罗马”等打头，第一次来的人，会误认为进入了联合国。

那一排名字洋气的长长的高层洋楼，是宇宙小镇的脸面，向西打开着，涂脂抹粉，仿佛在展示着什么。而向东，则是宇宙小镇的本来面目，路面坑坑洼洼，隔离栅栏歪歪扭扭，电动三轮横冲直撞，平均每天三起车祸，偶尔还能看见驴车，驴子边卖力蹬着柏油马路行走边排泄驴粪……这个小镇的神奇之处就是，走到它的内部，就像走进科幻片里的某个城市，一二三四五六七线的城市特征，均能不同程度地在这里找到对应，所以它才有莫名其妙的魅力，莫名其妙地吸引着那么多人主动地投奔而来。

十多年前，我曾拜访过一个住在这里的导演朋友。他算是首批小镇居民，偌大的小区里，他家在最后一排高层楼房。他买了顶楼，顺着盘旋楼梯爬上去，是一个像极了教堂的阁楼。在阁楼里，他给我放他拍摄完好几年还没拿到公映许可证的电影，电影讲的是发生在乡村的一个特别文艺的爱情故事，简单说来就是《乡村爱情》与《了不起的盖茨比》的合体，看完之后我觉得特别地恍惚与惆怅。

宇宙小镇是个人挺多的地方，一天当中特殊的时间段里，用人头攒动来形容也不为过。但人在住进宇宙小镇之后，似乎又变得特别自觉——不爱聚会（包括聚餐），不爱说话，不爱与别人联系，甚至不爱说自己住这儿，大家都一副懒洋洋、爱谁谁的样子。有时候在外面的场合遇到，说话不小心透露了住址，也多是打个哈哈，原来你也住宇宙小镇啊哈哈，回去没事咱们喝酒，一个电话骑自行车十来分钟的事。这样的场景，往往会在对话双方一年之后见面时，再重复一次，仿佛一年前，他们没有见过一样。

3

在宇宙小镇，你不去找朋友，朋友也不会自己找上门来，所以住在这儿你得适应自己始终是这里的陌生人。是陌生人，也好，大家都按照已知的、既定的规则行事，恪守着原则和界限，保持着彬彬有礼，不知道这是因为住在小镇里的人素质比较高，还是经受了某种教化的结果，我宁愿相信是前者。

有一次我从隔壁城区回小镇，那是晚上六点左右，正是下班的人要回小镇的高峰时期。我从一条小道拐上主路的时候，开了两三百米，遇到一个公交车站，平时经过这里在保证安全的前提下，都是一脚油门匆匆而过，但那天不知道为什么我油门松了一下，车子有了缓缓停驶的趋势，于是就看见好几个人跟我招手，隔着车窗玻璃，远远地听到他们在喊：“师傅，宇宙小镇，走吗？”

那阵子流行拼车，空车能拼四个人，刚好够回小镇的油钱和过路费。小镇专门有人（黑车司机）接这样的活儿，当然，更多的是住在小镇的人捎把手彼此互助。他们肯定是把我当成拼车司机了。我把车停了下来，释放了锁车键，四个人分工明确，非常轻巧熟练地拉开车门，并用合适的力度关上了车门，在这个过程里，三个男青年还颇有礼貌地请唯一的女青年坐到了副驾驶座上。

一切奔着讲效率、少啰唆的目的，一切都是为了节省时间，这正是宇宙小镇的优良作风。我也是第一次成为拼车师傅，内心有些激动也有点莫名其妙的甜蜜——终于可以为小镇人服务一回了。但不可避免的也有点慌乱，一是车里一下坐进来这么多陌生人，不大适应，二是担心半道上被查车，当成非法拉客的黑车处理。既来之则安之，人都上车了，除了把他们安全地一个一个地送到家，还能怎么办呢。

我调低了空调温度（那是夏天），打开了车载U盘里的音乐，刚好播放的是我喜欢的鲍勃·迪伦的歌，为了避免打扰到乘客，又把音量旋钮往声音小的方向转了半圈。车里很安静，乃至于有点儿尴尬，于是我问："大家都到哪儿啊？"他们四个人挨个地报上了小区名，不错，都在一条路上，顺道，那个女生在说完小区名后问了一句："师傅，咱拼车多少钱？"

我说："不要钱。"我不常离开小镇，当拼车师傅的机会很少，能有机会拉上同住小镇的乘客，这是缘分，怎么能要钱呢。这些是我的心理活动，没说出口。但我说出口的"不要钱"三个字，显然让他们感觉到不安了，车里微微地有一些躁动，但瞬间又恢复了安静，没人再说话。

四位小镇人，下车的时候，纷纷向我扔钱，一看就是提前准备好的十元纸币，放进了车内扶手架的储物盒里，我只说了三个字"真不用"就闭嘴了。因为如果再继续说的话，没准他们会把我当个怪物，能花钱解决的事情就绝对不要欠下人情，这是小镇人的规则之一。只有最后那个女孩下车的时候，说没有零钱要扫我的微信，我说不用了我手机没带，她哈哈笑了一声说："师傅您真好，再见。”

我也当过别人的乘客。那是住进小镇的第一年，我从外地出差回来，拖着行李箱在隔壁城区准备打车回家。那会儿正是网约车最火的时候，正规的出租车都不知道跑哪里去了，于是我也用网约车软件叫了一个单，没多久，一辆价值上百万的大奔停在了身边，开车的是一个女司机，我一时不知怎么办才好，眼看天色将晚，只好硬着头皮上了车。

女司机是个好看的女性，怎么个好看法呢，就是那种你觉得她不会是明星但经常会被误认为是明星她也习惯了被这样恭维的人。她穿着半职业半休闲的裙装，副驾驶座位放着一个精致的手提包——我能观察到的就这些了，再继续观察下去就不礼貌了，于是简单地确认了一下打车信息后，我在汽车后座上开始刷手机。

回小镇要走一条大约十公里的高速公路，傍晚的晚霞很美，后视镜里折射过来的影像，是越来越小的城市建筑。或是车里太静谧了，让女司机有些不安，她用手机呼叫电话，开口说的是：“老公啊，我在回家的路上……”社交规则中写道，如果一个女人在陌生人面前开始打电话这样说，一般会是一种含蓄的警告或者友好的提醒。

于是我认为自己不能再沉默下去了，便放下手机没话找话，从开这么好的车为什么要搭载顺风车客人开始，到她是从哪一年住进宇宙小镇等，搜肠刮肚把我能问到的但又不至于让人产生冒犯感的问题都问了。车到宇宙小镇的时候，她已经完全放松，觉得后座的乘客就是个不善言辞的老实人，才露出了东北人大大咧咧的本色，当我请她把车停在红绿灯这端不要通过十字路口的时候，她不怀好意地说：“怕被媳妇看见有美女送你回家对吧，哈哈。”我赶紧就坡下驴，说：“嗯嗯，对对。”我说：“给您微信扫码付车费吧。”她说：“不用，不靠这个，就是想顺道带个人回小镇。”

4

在小镇住久了，知道这里住了不少算同行的人，他们是导演、编剧、编辑、记者、自由撰稿人、诗人、影评人、画家……慢慢地，我们也有了一个名字叫“宇宙小镇吃货群”的聊天群，里边人不多，都是以前比较熟悉的老朋友，或者是老朋友的老朋友，人不熟悉但名字知道。老朋友来到宇宙小镇之后，联系得并不算密切，这也好，俗话说“远香近臭”。

“吃货群”名不副实，一年当中顶多聚个三五回，而且多数时间还是到一位在电视台工作的朋友家里“打秋风”。有一阵子“吃货群”很热闹，是因为群里的一位诗人，说没事的话咱们大家开始写诗玩吧，写多了可以众筹出版一本《宇宙小镇诗集》，新年的时候可以搞一个跨年朗诵会，这个提议引起“吃货群”一阵骚动，写过和没写过诗的，都开始动起手来。我在最热闹的那段时间，每天早晨醒来，第一件事不是去上厕所和洗漱，而是拿起手机写诗，有作品为证：

宇宙小镇

由南向北七公里
红绿灯若干，小餐馆若干
走在宇宙小镇大道上的人
若干

那年夏天暴雨
宇宙小镇汹涌成海
从高速公路下来的我
车在水中漂
人如少年派

像惧内那样
惧怕宇宙小镇
我的老友从洗脚屋出来
想起彪悍的前妻
哭得像个孩子

宇宙小镇第三次被挖开
再宽阔的下水道
也容不下张狂的心
我们在河边说着宇宙小镇的坏话
又在一支烟之后

沉默不语

宇宙小镇在河之东
有了它
找不到家的浪子
就可以假装天使
遥望故乡

这首蹩脚的诗藏着不少故事，首先“冬季到台北来看雨，夏季到宇宙小镇来看大海”这个说法是真的。有一晚大雨，深夜十二点的时候我下了高速公路进入小镇道路，脑海里便闪过这个传说，但看路面积水并没那么多，便抱着试试看的心态往前走，走着走着，积水越来越深，雨水越来越大，刮雨器已经不顶什么用了，前边一个黄色的小车突然水中熄火，我也只能无奈地停在了后面，马路对面一辆嚣张的卡车碾水而过，飞溅过来的大波浪兜头浇在机器盖子上，发动机熄火了。

整条街道，都是汹涌的“海水”，路灯仍然闪烁，但见不到什么人，能感觉到车在漂，像船那样，东扭一下，西扭一下，这么重的铁家伙，浮在水上居然像纸船那样。这么晚的时间，呼叫拖车基本上是不可能的了，我从驾驶座翻到了后排座椅上，打算不管怎样今晚就在车里过夜了，总不至于顺着“海水”漂流到太平洋。躺着的那会儿，心里无比平静，比日常生活里的心态要平静十倍，毕竟是宇宙小镇啊宇宙小镇，一个非常适合体验派居住的地方。后来，有人敲玻璃窗，这无异于飞船在太空遭遇危机，有人在敲击飞船的舷窗，我得救了。

至于诗人的故事，是这样的，他年轻时风流倜傥，中年结婚后相妻教子，成为比好男人还要好十倍的好男人，他媳妇儿或许总是对他年轻时的那点事儿念念不忘，总是时不时地拿出来敲打敲打，本就个头不高的他，在家庭里的地位也越来越低，直到媳妇儿第N次对他动手的时候他高喊了一句："让人进出的门为何紧闭着，离婚！"哪知道正中媳妇儿下怀，他净身出户，被扫地出门了。

刚离婚那段时间，诗人特别崩溃，为了安慰他，我们提高了聚会频率，为的就是让他借酒浇愁，走出伤心。不知道他是真的爱媳妇儿，还是情难自禁入戏太深，经常在喝点儿酒之后一次又一次重复他与媳妇儿的爱恨情仇，我们听多了忍不住劝他："你啊，为情困了一辈子，苦了一辈子，老了老了，离了也自由了，认命吧。"没想到，听完这句劝，诗人落了泪。

忽然有一天，诗人把宇宙小镇的几个吃饭群、写诗群、拼车群等都退掉了，原因是他与另外一位写诗的朋友起了争执，他给另外一位诗人写的作品提了点批评意见，另外一位诗人不太认同他的批评，话赶话，两人就吵了起来。先是群里吵，后来吵到了朋友圈，以互相拉黑删除了事。几个月后，诗人打电话跟我说："要不你组个局吧，我那段时间刚离婚不久情绪不好，确实不该孩子气。"于是我遵嘱请了"宇宙小镇吃货群"喝了顿酒，大家一醉泯恩仇，实现了大和谐。

5

我刚住进宇宙小镇的时候，这一片还是一堆孤零零的蓝色玻璃商住公寓，几年之后，南边的跨河大桥终于通车了，北边的高速公路也通了，荒了好几年似乎会一直荒下去的那片地，也像搭积木一般，搭出了一个拥有大型超市、电影院、咖啡馆、面包店等的商业街区。

在等待这个街区开业的那几个月里，我脑海里时常生出一个奇怪的念头：一定要好好活下去，要看到这个街区正式开业，要去喝一杯咖啡、看一场电影，所以千万不能出意外啊。那段时间过马路我都很小心，不但左右看，还前后看，确保安全了才通过。

这等惜命，在我四十多年的人生里还是头一回，其产生的动机，竟然是为了和自己关系并不大的区区一商场，我得弄明白这其中的玄机。想来想去，浮现出来的一个想法让我大吃一惊——我怕不是爱上宇宙小镇这个地方了吧。

爱上一个人，就有可能被爱上的那个人伤害，像我的那位诗人朋友一样。而爱上一个地方，就有十分的可能，你会被这个地方囚禁，失去继续奔波的劲头，不再有折腾的念头，在这个地方只想毫无力气地躺倒——这个地方，就成了你另外一个意义上的“故乡”。

我真把宇宙小镇当成故乡了？我可真不拿自己当外人啊。当这个念头处在含糊不清、暧昧不明状态的时候，我四处和遇到的很多朋友讲："给你说一个笑话，我把宇宙小镇当成老家了。"说完了自己忍不住先笑，然后朋友们和我一起哈哈大笑。

当我真的回到出生地，躺在故乡温暖的怀抱里的时候，想起宇宙小镇，觉得它真的那么遥远，遥远得就像它在外星球一样。

在海边

海有很多种声音

很多神明和很多声音

盐在多刺的玫瑰上

雾在冷杉树林中

大海的嚎叫

和大海的呼喊，是不同的声音

常常能同时听到

——艾略特《四个四重奏》节选

1

订一家民宿的房间，在手机上翻看着订房软件上的图片，面积都是一样大的，但能看到海的房间要贵两百块，介绍的文字说，“躺在床上，就可以看到海”，于是毫不犹豫地选择了加价两百块的那间，页面上显示，“仅此一间”了。

最近的海，离我居住的小镇约三百公里。在看不到海的日子，倒不是十分想去看海，对一个出生于既不靠山也不靠海的平原村庄的人来说，对山和海都没有什么执念。总觉得秀美的山和开阔的海是属于别人的，而我只有走在无边无际的麦田中的时候，内心才会有那种悸动或震撼。

下午的时候出发，全程高速，历时三个多小时，到达了海边的那个社区。导航把我带到了民宿中心，要在那里登记身份。宽敞的前台那里，有四五个服务的工作人员，每个人的柜台前边，都排了一小长队人，约一半是五六十岁的中老年人，一半是二十岁上下的年轻人——今天是工作日，非周末，只有不上班的人才会来海边度假。没想到，不上班的人，也有这么多。

在前台递过去身份证，通过了人脸识别比对，前台并没有把身份证还给我，而是从柜台里递出来一张纸，纸的抬头位置印刷着“承诺书”三个字，下面的条款显示的是“不要把车停在草坪上”“不要按喇叭”等注意事项，我签了。随后又接过一摞A5照片纸大小的彩色印刷品，七八张的样子，每幅上面印刷着不同的提醒，如何下载社区软件并生成访客码，怎么寻找饭店和食堂，房卡的得到方式与刷卡开门的技巧，房间温度的调节办法……

从民宿中心到达订好的房间所在的楼栋，还有近两公里的距离，客房服务员通过电话告诉了我一家服装店的名字，说导航到那里就可以见她，手机信号很弱，嵌入了那家服装店的名字，手机导航地图画面的圆圈一直转个不停，好不容易信号强了一些，却没有搜索到那家服装店，服务员又告诉我说可以搜索“置业中心”，说楼栋就在“置业中心”的对面，她会在路边等我，带我去房间并把房卡交给我。

去往“置业中心”的路上，起雾了，本来薄一层厚一层的雾，一下子浓稠起来，像被打倒了的墨水瓶。打开了大大小小所有的车灯，车在雾里缓慢得像船一样朝前滑行。路上没有别的车子，或许有，只是彼此都看不到，路两边是不高的楼房，全部被刷成了乳黄色，也可能早先涂刷的是乳白色，只不过在海边被海风腐蚀成了乳黄色。整个社区很安静，真的没有人按汽车喇叭，但听不到一点儿噪声，反而让人有点不适应。

车到达导航地址，一个女孩等在路边，见到她的第一句话便是问：“海呢？”“在那儿。”她往东边的方向指了指，顺着她手指的方向看过去，大雾弥漫，听不到海浪声，也闻不到海水特有的腥味，只觉得那雾无边无际，充满神秘。当时是春天，海大概还没有完全从冬天苏醒过来，只有夏天狂热的太阳，才可以激发海的野性，使得海散发出它的全部魅力。海是属于夏天的，春秋天和冬天的海，一直都有说不出的孤寂与忧郁。

2

趁着天黑之前，去海边图书馆。开着手机步行导航功能，向一公里外的地址走去。海边为什么会有一间图书馆？为了弄明白这个问题，许多人不远百里、千里前来，被好奇心驱使着，就像去拜访一个身处乡村的神婆，不为得到一个答案，只为一个过程。海是最神通广大的神婆，它知道世间所有的秘密，却保持着巨大的沉默。那间图书馆，是海巫的会客厅。

在网上看到过许多次这间图书馆的照片，晴朗的日子，无论早晨、正午，还是黄昏，都能拍摄出有着惊人之美的照片，可在这大雾又接近天黑的时间段里，一切有关这间图书馆的影像记忆都被湮灭了，取而代之的，是令人感觉到有些惊悚的陌生——有时候实物或者说现实，远远比虚拟与想象，更让人觉得有距离感。这陌生本就是最珍贵的，人们乘坐着各式各样的工具，在地球上奔来走去，为的就是在陌生感的刺激下，觉察到自身的存在。熟悉的是安全的，却像隔夜的馒头，软塌塌的，暗藏有馊味，只有陌生，会散发着无法言说之美。

一座不起眼的水泥建筑，在一阵强风撕开浓雾的口子之后，闪现在视线里，没有想象中那样高大宏伟，有点像最简单的单色积木，随意而粗糙地搭建在那里。有一条悬空的通道，正方形，位于建筑的一侧，通过这个通道，可以看到一方正方形的海，海水像是被装进一个方形的水碗里，荡漾着，旋转着，通道的中间，摆放着一张休闲椅，一个衣着休闲的女孩，顶着海风坐在休闲椅上摆出好看的姿势，同伴在给她拍照，她的红色围巾在风中飘荡。

红色围巾，感染了周边的灰、黑、蓝、白。红色是一种救命的颜色。无论在火车站、机场、海边，无论这些场所是拥挤还是空旷，只要有一点点红，就会抓住你的视线，让你牢牢地盯着它看。但这只能一点红、一条红、一小片红，不能多，多了就泛滥了，就令人感到枯燥和烦闷。

走进了图书馆，先看到了许多人，图书馆内部被搭建成观众席的样子，一排书架的背后是一排座椅，一排书架的背后是一排座椅，就这样一直排列到顶端。有人在翻书，但更多的人在走路，走三步停一步，走三步停一步，有规律，像跳舞一样。我在地面的位置抬头向上看，感觉像处于一个戏剧舞台的边缘，眼前看到的人，是在认真地排练，或者在做正式的演出。我本来是观众，可一旦看到他们，就身不由己地成了演员，第一个念头告诉我，要赶紧走，不，逃脱，这儿不是图书馆，这是一个戏剧小舞台。

一个海边的舞台，以孤独的名义，吸引那么多喜好热闹的人前来，表演一会儿安静，表演一会儿孤独，表演一会儿人生。我在书架旁拿起一本书，书架里的书，无一例外都被翻出了白色的毛边，那些卷起的白毛边，整整齐齐，一模一样，像是走下生产线的水洗牛仔裤。我看了看书名，但看不进去里面的任何一行字，换了一本，依然如此，有人在等候我迈三步了，只好放下书离开，找到一个不碍事的地方坐下，但发现坐不了几分钟就如坐针毡，图书馆里的人口密度，还有不断响起的高跟鞋踩在木地板上的声音让人心慌。

靠近大海的玻璃落地窗那里，有一排墨绿色的躺椅，靠边的一个位置空了出来，我坐过去，刚才浮躁的情绪，旋即消散。落地窗外的海，卷起舒缓的浪花，一波波地涌上海滩，慵懒又缱绻，那些浪花是一张张巨大的手掌，轻轻拍抚着海滩，仿佛海滩上有熟睡的婴儿，这样的拍抚有着静音的效果，让人自然而然地进入了海的气息与节奏当中。人来到海边，为何要走来走去心神不宁呢，所谓的看海，就是静止不动，一言不发。看够了，转身离开就是。

3

在房间里给一位朋友写信，背靠着大海。此时已经是第二天清晨，昨晚的浓雾散去，因为醒来得比较晚，错过了在房间里看日出的机会，但并不觉得遗憾，日出日落，潮涨潮退，星明星灭，这些都是按照古老规律运转的事物，不会因为一个人多看一眼或少看一眼而怎样怎样，只需知道，在你熟睡的时候，日头的确按时升出来了就好，在遥远的地平线上，早晨金黄的阳光铺满了海面，与你酣睡中的梦境，产生了无形的衔接——睡在海边，与睡在城市当中，还是有很大区别的。

每一次出行外地，在酒店里给朋友写信，总会觉得有很多话想说，很多字想写。那些信写在随手携带的笔记本电脑上，写在酒店的专用信笺上，也写在随便从某处扯出来的几页纸张上。写信不是说话，话语是通过大脑输出，由嘴巴表达，有时候来不及措辞，会有混乱与不准确，但写信无须张嘴，每一个字都是由心而生，那些句子在心里就先排列好了顺序，落在键盘或纸张上的时候，就有了秩序、情感与气质。

每次到海边，都会在酒店给朋友写一封信，为的是表达，也为的是纪念。人在海边与自己相处的那些时间，会是很真实的状态，身体内里的混浊，仿佛可以被海风带走，头脑保持着最大程度的清醒，情绪稳定到波澜不惊，因此才可以有效地输出真实的所思所想，这是一次自我校对、自我清洁的过程。

但我知道，即便在海边写信，也没法做到言无不尽，这是封要在微信公众号上公开发表出来的信，它第一时间被写出，第一时间被寄达，第一时间被阅读，读到它的人数，可能有几百，可能有几千，因而这些冠以私人通信名义的内容，便有了那么一点点公共性，所以有些想法还是在写信的时候被过滤掉了，那些没法被公开书写的内容，或许才是我们的人生真相，但那些被隐藏的生活本质，其实还是在书信流露出来的蛛丝马迹中，留下了入口。写给一位朋友的信，其实是写给许多人，包括许多陌生人在内的信，在书信中，书写者拥有着一种无形的权利——在表达与沉默之间的遥远距离中，他得到了某种自在或者说自由。

海明威一生写过六七千封书信，其中不少是在他居住的古巴海边写的，他说“书信会比我的生命更长久”，他还在信中写道：“假如运气是雨滴，希望你是密西西比河。随后是脸颊贴在悬崖的草上，远眺大海。啊，有多少可看的东西啊。看在上帝的分上不要断了给我写信。是啊，书信是生活的保鲜剂。”写信时的海明威，一点儿也不猛男，他变得如此敏感、脆弱，就如同他写给一位女友的信中所说的那样：“我写信是要让你开心，也因为我孤独。”

在海明威与好朋友菲茨杰拉德的诸多合影中，有一幅他俩站在捕鱼船上的照片（记忆里这幅照片的中间，或许还站着他俩共同的出版人珀金斯），这是令我印象非常深刻的合影，因为照片上海明威的气场中，充满了舍我其谁的主场优势。在古巴，与一位老渔民的偶然交谈，催生了创作《老人与海》的灵感，或许也正是这本书的缘故，海明威在古巴住了二十二年，他还把《老人与海》的原稿和所获的诺贝尔奖章都送给了古巴。

DE LA SANTE
RASPAIL

许多作家都痴迷于海，但像海明威这样把海洋当成一种生活方式普及开来的作家，无疑是影响最大的一个。对于许多中国读者来说，来自西方的海明威，还有来自东方的海子，很大程度上构成了“海洋想象”的文学脊梁，海明威笔下的海是动的，与海搏斗，其乐无穷，海子笔下的海是静的，“我有一所房子，面朝大海，春暖花开”。只是，二战结束后，海洋生活与越来越追求安全感的现代人越来越远，乘坐豪华游轮游逛大海，几乎被限定为普通人唯一接近深海的方式。还有一部分人被房地产商的广告语吸引，真的在海边买了一所房子。但然后呢？“在没有船的文明里，梦想会干涸”，就像福柯所说的这句话一样，在只能于浅海边的沙滩湿湿脚的时代，所有做过与大海相关的梦的人，他的梦想都会干涸。

2016年有一部名字叫《海边的曼彻斯特》的电影，非常受欢迎，它被各国的观众们所喜欢，而被喜欢的理由很简单，它所展示的海边生活，一种被静谧、琐碎、心伤所重重包围的生活，更为贴近当代观众的真实内心，对大海充满掌控与征服欲的时代，早已离人们远去，而对大海的力量感一无所知，甚至对大海视而不见的生活，早已渗透到每个人的生存细节中，每时每刻，都有惊涛骇浪在袭击着普通人的心灵，可呈现在他们的面孔上的表情，却是平静、无奈和悲伤。

《海边的曼彻斯特》的拍摄地，位于美国马萨诸塞州的一个小镇，这个小镇的名字就叫“海边的曼彻斯特”，在电影公映之后，许多人慕名而来，寻找电影拍摄时出现在大银幕上的画面，在我看来，那些从世界各地不远千里、万里赶来的游客们，其实都在寻找着一种奢侈品，这种奢侈品的名字叫“他人的感伤”，是的，在一个感伤主义重新席卷而来的全球背景下，遥远的他乡，属于别人的感伤生活氛围，竟然具备了一种治愈的效果，而有什么，能比得上海更适合于做感伤的容器呢？

最近看了2022年马丁·麦克唐纳执导的电影《伊尼舍林的报丧女妖》，片中爱尔兰的伊尼舍林岛，是一座被海隔绝的小岛，居住在岛上的一对好朋友，友情突然产生了巨大的裂痕，那是因为其中一位意识觉醒，不愿终生荒废时光，他决定结束每天闲聊、喝啤酒的生活状态，致力于音乐创作，追求千古留名。为了追回友情，被“抛弃”的那个朋友，执着地释放和好的善意信号，而得到的回报，却是以前好朋友扔到他家门板上的切断的手指……这部电影比《海边的曼彻斯特》还要“丧”，“丧”到了极致，乃至于产生了喜剧片的效果，如果没有那几根以示绝交决心的断指的话，大可以当成喜剧片来看，可是那血淋淋的断指，还有孤独的海边，使人无比确信，在这样的岛上居住，如果没有人打交道，没有情感方面的支撑，人真的是会发疯。

我在海边的时候，一些关键词在脑海中翻滚而过，从众，假文艺，真矫情，浪费时间，荒废时光……这一切与海相关的世俗诠释，都会在某个海浪翻起、海风劲吹的时刻，被瞬间打碎。退休的老年人，失业的中年人，争吵的夫妻，蹦跳着走路的年轻人……他们在海边，身份都被还原成了同一种人，海控制着他们的表情与情绪，海在白天与深夜给他们提供着同一种力量源泉，他们心甘情愿地被某种无法命名的力量操控，是的，没有谁的权力会比海更大更高。

4

我在平原上一个县城生活的时候，就写过许多次海。那个时候我的双脚还从未踏出过县域土地，但借助一些盗版的影碟、当作废品卖过来的香港杂志，还有电视机上那些一闪而过的画面，我仿佛去过了很多地方。记得第一次到香港的时候，对那儿一点儿也不陌生，站在维多利亚港旁边一栋高楼的通道里，透过窗户可以看见那些非常眼熟的风景。后来我反思过自己为何早早地便失去了激动的能力，那是因为少年时代疯狂的想象，以及透支了期待。

“我想我是海”，这来自一首流行歌曲中的五个字，在青少年时代，如同五把锤子轮番锤击着我的想象，不需要其他的词句了，只需要这五个字。虽然对海充满想象，但迟迟没有去看海的想法与冲动，哪怕有过几次机会可以去海边，但还是想方设法拒绝了。但人的一生，总还是避不开遇到海的，我第一次站在海边时，是冬天，冬天的大海，是一块躺倒的铁幕，充满着冷静与严肃，目光所及之处，其实仍然不过是几百亩的海，人的视线，永远无法到达海的那边，无法真正体会和丈量海的全部，那时我在海边静静地站了半个小时，大脑一片空白，词汇全部枯竭。

海再一次让我感到震动，是第一次知晓，距离我居住的县城大约七十公里外，就是一片著名的海湾时。在长达二十多年的时间里，我根本不知道那儿有海，可以通联四方的海。身边肯定有人曾谈论过那片海，但对当时的我来说，可能觉得他们在天方夜谭——海，怎么可以离我们这么近呢？本能中，我早已把海推到很远很远的地方，比如地中海、加勒比海、波罗的海、死海，我似乎没法面对自己其实严格意义上也住在海域辐射范围内这个事实。四十岁左右，我终于开车带上孩子，去离故乡七十公里的那片海游泳，潮湿的海风，酸涩的海水，柔软的沙滩，一切都如此真实，从那之后，我对海的所有的疯狂的想象，全部消失殆尽。

可以不再谈论海了。

但隔一段时间，还是要去看一看海。不管怎样，海都像是一位老朋友。你可以不认识他，但他已经认识你很久了。他永远在那儿等你，你在人世间有许多心酸苦楚，他都知道。在海边，你一句话不说，但仿佛心事都已倾诉完。

陌生之地

1

词典里对于“陌生”的解释很简单，只有“生疏，不熟悉”这两个释义，远远不能够满足人对陌生的想象。

有一段时间，每每心头有“陌生”这个词出现，脑海便会弥漫出一处场景，或一种意境，这种场景或意境，往往又是庞大而模糊的，说不出个所以然来。只是，当那种陌生感像黄昏的凉意在身体里弥漫的时候，无论手头在做什么，脑海里在想什么，都会暂时地停顿，静静地感受那份陌生感，或者等待它缓慢地消失。

陌生是一个舶来词吗，来自日本？或是来自别的什么地方？我在古诗词里面寻找“陌生”，发现有不少句子容易让人联想到这个词，比如“同是天涯沦落人，相逢何必曾相识”“人生交契无老少，论交何必先同调”，但仔细想想，这些诗句其实讲的不是陌生，而是如何消除陌生。

中国古典文学作品仿佛是比较抗拒“陌生”的，那些对未知事物、陌生人、生疏关系的描写，无不带着一种强烈的交流和拥抱意图。用现代的观念看，这种情感，未免有点黏糊糊的，陌生这个词的本义，也包裹得严严实实，让陌生，没了距离感，有了温度感，陌生所天然携带的孤独、新奇、戒备、紧张、后退、躲避、奔逃等成分，多被这温度感给蒸发了。

当然能理解古人的好意，他们不愿意放大“陌生”这个词，反而更愿意用网络上推崇的“社牛”方式，来消化“陌生”，这可以当作是一种格局一种胸怀。但熟悉中国历史的人也知道，不晓得保持社交距离，过于快速地对感情进行升温加工，会导致不少悲剧，比如“引狼入室”这个成语，以及“升米恩，斗米仇”这句俗语背后，随手就能牵出一连串熟人之间发生的令人心酸心寒的故事。据传宋代有个和尚叫释印肃，他说了一句“相识满天下，知心能几人”，倒是这句话中的意味，颇为符合“陌生”的含义，但即便是这句，多读几遍，也会发现它主要说的是孤独。

对比之下，“陌生”的英文词strange，好像既贴近本义又含义丰富，这个英文词除了可以被译作“奇怪的、陌生的、不熟悉的”之外，作词根时的strange还可译为“奇怪地、奇妙地、不可思议地”，再搭配一些短语，还会衍生出“古怪、感到不舒服、奇异的吸引”等说法。我觉得真正的“陌生”就是这样的，陌生必须要超出个体熟悉的认知体验，陌生必须要像老虎的胡须那样，让人在好奇的同时因为危险又不敢去触碰，陌生必须像穿过一条长长的黑洞之后一脚踏入一个万花筒那样，瞬间自己被抛入旋转的、眼花缭乱的、未知的空间当中，不知道坠入何处。

我喜欢这样的陌生。

2

今年初夏，下午两点多的样子，窗外的热浪，还是不断亲吻着真空玻璃的外表面，房间里的冷气仍然在做着徒劳的抵抗，头顶的吊扇已经打开了，用最慢的速度旋转着。

电视里，一列长长的火车行驶在欧洲某国的山野中，火车穿过一个山洞之后，车厢内顿时被注满了下午的光线。车厢里没有多少人，显得空荡荡的。镜头对准了一名中年男性，他有点儿消瘦，虽然左右无人，但他还是有点儿局促不安，眼神不能安定下来。

一位漂亮的女性走了过来。这个演员我知道，看过不少她主演的电影，她是苏菲·玛索。她在火车过道里犹豫了不到半秒钟的时间，就开口对那位消瘦男人说了一句话："请问您对面的座位有人坐吗？"当这样的台词被说出后，电影的戏剧性便开始了，你会非常好奇接下来发生什么，哪怕潜意识里已经知道，这是无数编剧曾经使用过的手法。

情节在继续。当苏菲·玛索发现对面的消瘦男人，手在翻着书，眼睛却根本没法在纸页上停留的时候，她提出了一个希望帮忙的请求："我的外套拉链锁死了，可以帮个忙把它拉开吗？"那个男人放下书，带着点迟疑，伸出两只手，一只手控制住拉链的基座，一只手紧握拉链的链头，随着链齿的向下翻滚，外套之下的苏菲·玛索真正地显现了出来。

我好奇编剧会怎么编下去，已经差不多半年没有看电视的我，被这个俗套但有效的设定吸引了，我把在沙发上的平躺姿势调整成了侧卧，饶有兴趣地想知道剧情怎么发展。接下来，是苏菲·玛索问那个男人在看什么书。这是位聪明的编剧，没有过多地絮叨有关书的内容的讨论，继而将话题向危险的方向继续引导，消瘦男人警惕地问她：“你为什么要这么做？”

很显然，他的社会经验告诉他正面临一个可能存在的陷阱，是啊，一百个观众，恐怕得有九十个以上意识到了这是个陷阱，如果它发生在现实中，或许陷阱被设置得不会太深，但它发生在屏幕上，就必须是个巨大的陷阱，有生命之虞的那种，否则怎么可能会让一名在下午昏昏欲睡的观众打起精神来继续观看？

对于消瘦男人的问题，苏菲·玛索的回答是：“你是我喜欢的那种类型。”听到这句台词之后，我的大脑里仿佛轰然响了一下，当然，脑海里的这声“巨响”，不是因为苏菲·玛索刚刚说出的这句明显很直接的台词，它之所以能让观众脑海里发出声响，就是因为这句话突破了中国人对“陌生”的认知与想象，我们是极少会使用这样的方式表达情感的，尤其是女性在表达情感的时候，比男性会更婉约、含蓄许多。

中国的编剧，在类似的情节中，不会使用这样的台词，他们会绕着圈子用更多的话语来表达，比如像王家卫，在表达喜欢一个人的时候，会选择写这样的台词：“我已经很久没有坐过摩托车了，也很久未试过这么接近一个人了，虽然我知道这条路不是很远。我知道不久我就会下车。可是，这一分钟，我觉得好暖……”只是，王家卫式的台词，可能会让我当场按下关机键的按钮。相比之下，虽然苏菲·玛索说出的那句台词简单粗暴，但是却能够让人感觉到一种力量。

苏菲·玛索的那句台词在客厅里飘荡着，向窗外和门缝那里飘去，我觉得电视中、故事里、车厢内的光线，也在那一刻向我的客厅弥漫开来，和我沙发周边的光线融合在了一起，我感觉某种巨大的陌生在铺天盖地涌来。在几个月的时间里，我有大量的时间停留在这间客厅当中，我对这个房间的熟悉程度，已经近乎鱼对鱼缸的熟悉程度，我并未意识到，自己对于陌生的渴望，会被一部电影的情节和画面激发出来。

这有些荒诞，但是已经发生了的事实。

3

2008年，上海，我在那里生活了三个月。是春天。

这是我第一次在南方城市生活这么久。此前和之后，从未在南方城市待超过七天的时间。这使得当时我有足够的时间来感受和体会南方生活。对于一个北方佬来说，南方的诸多地方，是陌生的也是新鲜的，足以吸引我。

跑到上海，不仅把我从北方气候与生活习惯中生生地切断，也把我从熟悉了十多年的婚姻与家庭生活中拔了出来。我刻意地与上海公司的同事保持着一定的距离，没有选择扎堆租住在一起，而是租了离公司更远一些的公寓，这样的话，下班出电梯互相道别转弯走入街道后，我像一滴水被扔进了大海——一滴淡水被扔进了满是咸味的海水里。

没有人认识我。这个时候就算我不慎脚滑摔倒，或者走神不幸撞上了电线杆，也不会感到尴尬。我唯一感觉到熟悉的，是看不见的手机信号，它还紧紧地追随着我，不停地在向整个世界同步传输我所在的位置，每个知道我号码的人，都能够在几秒钟之内迅速地找到我。所以有时候我会把手机关掉，来体会那种彻彻底底的陌生。

我像一名初中生那样，经常在街边吃点东西后，进入一个台球厅，在那里和陌生人打几盘台球。没有对手或者累了的时候，会在边侧的一排游戏机那里玩水果机，就是20世纪80年代流行的那种游戏机。我会去用十元纸币换十枚一元硬币，然后去水果机那里押香蕉、西瓜、苹果，或者双星、77。这是一个相当简单的游戏，我会不停地和机器里藏着的电脑芯片玩智力游戏，战胜机器的快乐让人雀跃，同时，硬币叮叮当当跌落出来的声音悦耳又迷人。我经常把剩下的硬币或者赢来的硬币放在牛仔裤后面的裤兜里，边走边用手去搅动它们，听着硬币互相撞击发出的声音，错觉自己很富有。

更多漫长的夜，我在上海的市井街巷里穿行。不会走那些灯火辉煌的大街，而是专挑黑黢黢的巷弄行走。被阴影占满的上海巷弄有种特别的诗意，那阴影仿佛是透明的，发着薄而晶莹的光。晾衣服的竹竿架在头顶上。每一扇窗户都小小的，同样小小的阳台上有夜来香的气息传来。可以看见孩子在亮灯的窗户后面写作业。永远有阿姨用我听不懂的上海话在拉家常。我用快而匀速的步伐走着，整个五官都在捕捉着巷道里的各种声音、味道、气息，皮肤上的毛孔仿佛全部打开。偶尔会一脚踩到一个浅而又浅的小水坑里，那是带有洗衣液泡沫的水坑，我觉察到了那泡沫在脚底下二次“爆炸”的触感，觉得莫名其妙地开心。

在巷弄里的夜游，通常会在二十三点前后结束。这样一通乱七八糟地走下来，完全会走迷路，再回住所的时候，要依赖手机地图导航才能找得回去。但我对迷路这回事，乐此不疲。我的方向感太好，一般不会迷路，就跟酒量好的人怎么都喝不醉一样，不太好玩。所以，人为制造出来的迷路，会刷新我对自己身份、精神、内心的认知。当一不小心从黑暗的巷子走进一个车水马龙的十字路口时，闪烁的红绿灯与霓虹灯，高大的建筑，刺耳的胎噪等构成的信息，会让我产生天旋地转的晕眩感，我觉得这是陌生的一个很高的境界，它把人拔高，也把人压低，在高与低之间，不停地摔打。在这种晕眩感消失之后，整个人如同从高空回到地面，经历这个过程之后，身体里的细胞，仿佛被整体更换过一遍一样。

深夜躺在公寓房间里的时候，常会想一些东西。是想，不是思考。思考是严肃、认真、仔细、有逻辑的，但想不是，想是随意、感性、空洞、斑斓的。想为什么此刻会在这儿，想下一个季节会在哪儿，想过去在人生的关键几步上自己走得对不对，想明天早晨吃点啥，想生命究竟是有意义、无意义……

在陌生之地的胡思乱想中，想到的问题或者事情没有大小高低之分，它们都是天上的云朵，在大脑构造出来的一个宏大天空中飘来飘去，偶尔碰撞也不会制造雷雨。想这些东西没有任何的压力，相反，假若白天有一些压力的话，也会在夜晚统统消失。

这样的状况，在我熟悉的地方，是没法实现的。

陌生与孤独，总是如影相随。一个人喜欢陌生的时候，是不是就意味着他喜欢孤独呢？如若感到了孤独，那便是陌生过于庞大，越了界。排解孤独也是很简单的事情，比如可以去离家很近的那家大型连锁超市，在各大城市，都能看到它那硕大的商业招牌，单单是看见那几个字，熟悉感便慢慢浸出了。走上它的扶手电梯，把自己送入一个商品世界的时候，那个熟悉的自己，便彻底回来了。

4

现在有些孩子，可能在几岁的时候，就已经飞行过不少国家，有了数万公里的旅程记录。即便没有飞行过，也有机会跟随家长一起，借助发达的交通工具，大大延展自己的活动空间。不像过去那样，许多年轻人，直到满十八岁，还没离开过自己生活的县城。也不像更早一些年代那样，有的老人，一辈子也没走出过自己的村庄。

我在这样的环境长大，童年以为村庄就是整个世界，少年以为县城就是整个宇宙，每一次生存环境的变化，都会带来发烧般的体温变化，那是对于陌生的恐惧。我记得十二岁第一次到县城，就被四五层高的楼房震撼到晕眩。有个朋友曾描绘过类似的经历，他随父母进入县城定居之后，大病了一场。这种病，大概可以被命名为“陌生病”。

有一段沉没的记忆，在我的脑海深处已经生锈。现在想起来，那段记忆，竟然是我人生第一次出门远行。那是我十五岁时，决定坐公交车去隔壁县城看一个朋友。那是一个女孩，我们是互相写信的朋友。那一年暑假她写信给我，邀请我去她的县城玩，但出于对距离与陌生环境的恐惧，我思虑了许久才决定冒险。那个县城距离我当时生活的县城，现在开车走高速半个小时就可以到达，但在当时坐客车需要两三个小时甚至更长，路上有可能被"卖掉"——一辆客车如果载客人数太少，就会在半路把客人卖给另外一辆客车，凑满一整车人之后继续前行。

记忆慢慢浮现了出来。那次我幸运地坐上了一辆中途没有卖掉客人的客车。客车出了县城不到十分钟之后，某种不安便从关不严实的车门缝隙中钻了进来，车窗外陌生的景物（主要是一些挂了不同牌子的建筑物）让我目不暇接，随后大片的田地和视野里不断后移的树木，取代了城市的痕迹，眼球主要聚焦在植物身上，会让人放松。

那辆客车上坐的什么人，售票员长什么样子，司机抽不抽烟，乘客有没有大声说话，等等，这些都没有留存在我的记忆里。能想起来的唯一一名乘客，是一位二十五岁左右的女孩子，对于那时的我来说，年龄大十岁，已经是大许多了，她回头看了我一眼，在接下来的时间里，她多次回头看我，在很短暂的眼神交流中，虽然我们各自没有吐出过一个字，却完成了一场完整的交谈——

"你是去××县城的吗？"她问我。

当然是，客车的通行名牌上，不是写得清清楚楚吗，但我的回答却是含糊的："是，哦，不是，我可能中途下车，不，我还是到终点站再下车吧。"

她流露出一丝带着点轻蔑的微笑，对我的担忧不以为然："去看朋友？"她继续问我。

"不是，是去走亲戚，我的小姨住在那里。"我的神色告诉她我在说谎。

"胆子这么小，还男孩子呢。"她也看破了我在说谎，"你就应该老老实实待在家里，不应该出远门。"

我有些生气，觉得她多管闲事，摆出一副拒绝再交谈的样子，但她却不善罢甘休地说："能找得到你亲戚家吗，下车后要不要跟着我走，我给你指指路？"

我说："不用，我能找得到，又不是第一次来。"

这一次，她笑得有些不能自抑，笑完之后就不再转过头来了。这场虚拟的对话到此结束。

到达县城汽车站，下车的时候，那可恶的陌生感，让我完全暴露出了自己的紧张与不安，东南西北四个方向，一时不知道往哪个方向走，这让我手足无措。我本能地跟在车上的那个女孩子的背后走，她目前是我在这个城市唯一"熟悉"的人。

她走在前面，看着跟在后面的我，莞尔一笑。我分辨不出这笑的含义。在走出汽车站大门的时候，我迅速选择了一个和她相反的方向，以小跑的速度跑开。

我在一个空无一人的午后巷子里，展开笔友写来的邀请信，那里面半清楚半含糊地写出了她家的地址，以及从汽车站出来之后，怎么拐弯怎么走的文字路线图。

在经历了漫游式的两个多小时的寻找之后，终于找到了她家的门牌号，小心翼翼地敲门，一个有点胖的大婶打开门后用狐疑的眼光看着我，她问我："你找谁？"

我说出了她女儿的名字，然而并未得到她的信任，她又问："你从哪里来？找她做什么？"

我忘了怎么回答她的，但记得她的回答："她去她小姨家了，昨天就走了，不知道什么时候回来。"

午后的光线刺眼，天色仍显漫长，但我知道，如果不尽快赶到汽车站，很可能当天回不了家了。于是我狼狈地往汽车站跑去。

那个女孩，有可能在家里，她妈妈说谎了。也有可能真的去了小姨家——毕竟那个年代，每个人都会有小姨。我相信第二个可能，也宁愿是第二个可能。对她来说，我是个一次也没见过面的陌生人。出于对陌生的恐惧，她提前出逃了。而我也如释重负，甚至觉得很开心。我完成了一次任务，然而没有任何危险发生。我到达了一个陌生之地，并成功地返回了家园。

这样的经验，也带来了两个可能，一种可能是，会更加牢牢地把我按在原地，不再尝试远行，另一种可能是，不停地"远走高飞"，像一只不愿落脚的鸟那样。

5

近些年，每到一个新的、以前从没来过的城市，我都会争取早些起床，晨跑。

我常把一些城市搞混，在桂林醒来的时候，以为在合肥，在成都醒来的时候，以为在长沙。早些时候还会花费一点时间，去搞清楚自己究竟在哪里，后来类似的迷惑多了，就不再努力去分辨。睡在哪里都是睡在夜里，醒在哪里都是醒在梦醒之后。

跑步是摆脱这种迷惑的最好办法，在耳机的音乐声里，越跑心里越宁静，头脑里思路也越清晰，哪怕等红绿灯的时候，也不再东张西望，而是专注地看着前边。

坐着飞机跑，坐着动车跑，把外套缠在腰间跑，穿着皮鞋也跑。

记得有一年在合肥，早晨我在酒店附近的街头跑步，温度适宜，心情很好，不由加快速度，猛跑了几步，忽闻背后警笛声大作，我并不慌张，把它当作了音乐的一部分，继续加速跑。

两辆警车在我前面发出刺耳的刹车声，四五名警察前后包抄，让我前无出路，后无退路。

这一情形，把“陌生”所有定义、含义当中，最容易夸张、变形的那一部分都撕扯了出来，危险、刺激、紧张、失控、对抗……都有。

可我已经学会了在每一个陌生之地把自己变成大大咧咧的、一切都自来熟的人。

“警察叔叔，怎么了？”我问那几位全副武装，年龄明显比我小不少的年轻人。

故事很简单，有人报警手机被偷了，警察看见我在跑，于是……

他们让我拿出自己的手机，念出号码，还有通讯录排在前面几个人的名字。确定认错人之后，他们非常友好地道了歉，但还有一位警察好奇地问了一句话，“没事你跑啥？”

“我跑步啊，跑步违法吗？”我说。

警车熄了警笛，各自狠踩了一脚油门扬长而去。

我在街头，把刚经历的这一幕打电话告诉朋友，两个人在电话里哈哈大笑了好一会儿。

当时笑完之后，在街头蹲了一会儿，双手抱头，心里竟然有些怅然若失。现在想来，那或是真正进入中年的标志，那些属于年轻人才拥有的青涩、孤独、逃避等构成的陌生之地，已经在我心灵的田野中彻底地荒芜。

那时我宛若拥有了山和大海，宛若拥有了真正的自由，但我知道，这一切，都比不过陌生之地曾带给我的丰富与旷远，自由是有言说的尽头的，但陌生，永远叙述不尽。

命运的雨

1

抬头凝视客厅北墙角的那片雨渍。雨季尚未到来，但那片雨渍像阴天一样悬挂在那里，仿佛在提醒着我一些什么。试图不去关注它，但做不到，每次我在客厅里或者经过客厅，都会身不由己地去看它一眼。

为了治疗并杜绝这个近乎顽固的习惯，干脆一次看个够。放弃了搬一把椅子坐在那里看的念头，选择站立着看，似乎只有保持站立的姿势，才能更好地观察那片阴天，也仿佛只有站立，才能拥有“对决”的气势。就像去看瀑布一样，没人坐在椅子上看瀑布，都是保持站立或随时可以逃走的姿态在看，在潜意识里，不少人都担心瀑布会突然像海浪一样起身行走，劈头盖脸地砸在头上，将人卷入其中。

看着头顶的雨渍，我与看瀑布一样没有安全感。我感觉它是活的，不是死的。雨水虽然被封禁在钢筋水泥与瓦灰泥子之间，但它在那个黑暗的空间里，仍然不断挣扎着尝试流动。雨水就像骨髓里的髓、血管里的血那样，不肯静止下来，因为静止对于雨水而言，就意味着死亡。

雨渍洇成了地图的形状，长方形，边角不规则，不晓得像哪个国家的地图。雨水有自己的国度，它在创造自己的领域。它们自天空而来，重重地砸在屋顶上，它们像受伤但仍然孤勇的士兵那样，继续抱成团，向四周蔓延、迅速撤退。它们有的流进了下水管道，最终淌进了阴沟里，那是大部分屋顶之水的命运，但也有少数的雨水留存了下来，它们顺着屋顶肉眼可见或不可见的狭小缝隙渗透进了房间。在渗透的过程中，它们遭遇到了钢筋骨骼的阻击，被干涸的水泥吸收，在将要穿透厚墙时，黏腻的瓦灰泥子阻挡住了它们的行程，让它们没法做到泫然欲滴。

一滴水飞溅到了我的脸上。具体的位置在额头的右上方。我下意识地，同时也是非常敏捷地用手掌去擦了一下，然后把手掌送到视线里，观察有没有水的痕迹。当然是没有的，手是干燥的，连汗都没有。那水从哪里来？最感性的解释是，有一颗雨水终于挣脱了那片屋顶的阴云，落在了我的额头上。但根据物理常识来判断，这显然是不可能的，雨在被风吹动的情况下可以拐弯，但在室内，雨滴不可能拐这么大的弯，飞到两三米之外我的额头上。

那滴水根本不存在，但它带来的凉意还是被保存在了额头上。这个感觉我并不陌生，有许多次，我在夜里、在梦里被惊醒，原因就是觉察到有一滴水溅到了脸上。那滴水在我的脸上，有时候溅成了四瓣，有时候溅成了八瓣，更多的时候，像被装进玻璃杯子里的一整杯水，兜头浇在了脸上。我摇着身边人的肩膀，把她摇醒，问她："外面下雨了吗？"她不理，我又问："难道咱们卧室漏雨了吗？"她说："不可能，卧室从来没漏过雨，漏雨的地方在客厅、厨房、阳台。"

我清醒了，是的，卧室确实没有漏雨的点。洇雨的点，在别的房间。那为什么在卧室会有雨水飞溅到脸上的幻觉？这个问题，有时候我会想一个小时，有时会想两个小时，想着想着，就悲伤起来，穷阎漏屋，这不是物理层面的雨，而是命运的雨吧。

2

我喜欢顶层，从小就喜欢。年轻时有个梦想，以后挣了钱，有能力买楼了，一定要买顶层。顶层多好啊，离太阳、蓝天更近，云朵能飘过最好，随手可以撕一片下来，当棉花糖哄小孩，夜晚的时候，"手可摘星辰"，李白诚不欺我。

高处对我而言有着说不清道不明的吸引力。少年时的暑假，沿着县城街道，把两旁的楼顶，都巡视了一遍。过去县城的楼都不高，最高不过六层，但这足够了，六层的楼顶，就足以隔离绝大多数人群。那上面，有废旧钢窗、破轮胎、混成一团的铁丝、软塌塌的旧纸箱等，除掉这些之外，就是被雨水冲刷得干干净净的粗糙的水泥层，用脚搓一搓，可以搓出沙子，躺在这干净的屋顶上面，风仿佛可以让整个人的躯壳变得鼓荡起来，内心也变得无比开阔、自由自在。

有一年暑假我在工地打工，盖楼房，在地面上搅拌水泥、运送砖头。那段时间最羡慕的，是开塔吊的人，他也是个年轻人，比我大三五岁的样子，穿着牛仔裤，戴着墨镜，走进工地的时候，全身松松垮垮，和谁都不打招呼，自顾自地走到塔吊脚下，手脚并用灵活地爬到操控室，随便按动几个按钮，塔吊便会发出“嘎嘎嘎”的声音，四处转动。我常想，操控室的位置，应该是整个县城可以望得最远的高处了吧，如果能上去坐一会儿，该是多么神气的事情。

终于有一天，在我的软磨硬泡之下，塔吊青年答应带我爬到最顶端看看，前提是，如果被工头发现了，后果自负。那是我人生第一次远望。平时骑自行车闲逛时就觉得不大的小城，此刻尽收眼底，楼房也好，平房也好，都仿佛缩小了一半甚至更多。从高处看县城，可以看到它暴露出来的丑陋的一面，就像坐飞机经过城市透过舷窗向下看到的建筑一样，乏味无比。就在我打算从塔吊上爬下来的时候，外面下起了雨。

在很高的地方看雨，和在地面上看雨，视觉效果是大不一样的。人在地面的时候，一般不会抬头看雨，那样的话，雨滴会砸进眼睛里，即便砸不进眼睛里，也会砸得眼皮生疼。同样，在地面平视雨线，也持续不了多久，因为距离地面很近的雨，杂乱无章，并且会随着车辆、风、雨伞的介入，而很快变成模糊一片。

但高处的雨不一样。高处的雨保持着垂直的坠落形态。雨线是一根根的，像串起来的珠链，亮晶晶，但不闪眼，不会让眼睛难受。高处的雨像赶路的人，急匆匆的，但与此同时，又好像要保存“体力”那样，是在匀速地奔跑。我坐在塔吊控制室里透过玻璃窗看雨，第一次觉得雨如此陌生，虽然明知道它们会落在地下，汇聚到水坑里，但那一刻，心里分明觉得，雨没有来路，也没有去处，它们是没有终点的过客。

那会儿，我不会想到，多年以后，会有雨在流过我的屋顶之后，选择停留下来，留在屋外与屋内的缝隙里，留在永远的黑暗当中，并且打算成为永久的居民，烈日暴晒，暖风机劲吹，都没法将它们请走。

我现在就住在三十二楼，一栋商住公寓的顶层。在打算买下它的时候，有很多个选项，可以说从一楼到三十二楼任选。也看了其他的楼层，六楼，十五楼，二十一楼，二十八楼，但当售楼小姐的钥匙打开顶层三十二楼的时候，瞬间心里就下了决定，就是这间了。

其他的楼层再好，都没有三十二楼好，因为它是顶层，我从刚一走进房间的瞬间，就感受到了顶楼的气息，被暴晒了一整个中午的楼顶，太阳的热量在向下渗透，远处的窗口，有不知道拐了多少个弯才照射进来的夕阳之光，映射的作用，让这个顶层房间，即便到了下午与黄昏接壤的时分，依然明亮。

“先生，有必要提醒你一下，顶楼有可能存在漏雨的情况。”售楼小姐好心好意地提醒。

“我知道，我上网查过了，百分之九十的顶楼，都会发生漏雨的状况，不过时间早一点晚一点而已。”我补充说，“天下没有不漏雨的顶楼。”

3

“这雨漏得未免也太早了点。”站在客厅里我自言自语。

房子在刚装修好第二个月的时候，一场连绵了三天的大雨，袭击了我居住的这个地区。第一天的时候没事，第二天的时候，肉眼可见墙角有阴影，第三天的时候，那片阴影的颜色加重，变成了一朵乌云。

“爸爸，”女儿像发现奇迹一样地喊我，边喊边说，“你快看看，我卧室走廊那里漏雨，卧室靠窗那里漏雨，阳台那儿也漏雨。”女儿的视力很好，她共检查出来五处漏雨的点或面。

“哦，没事啊，这个世界上，据说百分之九十的顶层楼房都是漏雨的。”我跟女儿说。

女儿不高兴地说：“要说就只说咱们家的事，别管世界上的事，我不相信，世界上漏雨的房子那么多。”

“是顶层，”我提醒女儿说，“只有顶层才漏雨，顶层之外的房子，是不可能漏雨的。”

给物业打电话，尽力克制着声音里的气急败坏，缓慢地说：“我们家漏雨了，对，1号楼3205，刚装修完，墙面用的是硅藻泥，干燥后漂亮极了，你们赶紧派师傅来看看，我的硅藻泥，快要变成泥塘了。”

三个小时后，物业服务公司的两个小姑娘，带着三个工程部的维修师傅进了门，其中一个小姑娘的名字叫甜甜，她刚进门就说：“呀，你家的装修真漂亮，好看好看。”师傅们沉默不语，他们分头行动，用强光手电照射漏雨的位置，并拿出手机“咔咔”地拍照，像是到了一个旅游景点一样。

甜甜在一个本子上写写画画，不用问，也是在登记这家屋子的漏雨状况，我问她：“像这样刚交完房不久就漏雨的情况，物业是要保修的吧？”甜甜说：“那当然，一定是要保修的。”我说：“据说新房交房后，漏雨渗水的状况，是要保修五年的吧？”甜甜频频点头说：“对的对的，看来您对房子保修条款知道得还蛮多的。”我说：“那大概什么时候能给修好？”甜甜说：“三四个月吧。”我问：“为什么这么久？”甜甜说：“哎呀，我们来得这么晚，就是因为到其他家也看了，不少户像你家一样，也存在漏雨情况。”

在等待甜甜派人来维修房顶的日子里，我常常抬头凝视客厅北墙角的那片雨渍，为什么不去看别处？原因很简单，因为客厅北墙角的那片雨渍最大。别处小的雨渍如茶杯那么大，再大一些如碗口那么大，看着没什么意思，看不出个所以然来。而客厅北墙角的雨渍比脸盆还要大，看着看着，就看出了四季，看到了时光，看到了幻影，也看到了未来。

半年后，甜甜打电话过来，问人在不在家，在得到肯定的答复后，她说派人过来维修。工程部师傅带来了凿子、铁锤、一桶水泥砂浆、一包填缝剂等。他踩着梯子，把客厅最大的那片漏雨点凿开了，一番忙碌之后，他说现在不能马上填补，要等下一次雨来，看看如果不再渗雨的话，就填补好，找平。其他的漏雨点，暂且不修，如果最大的漏雨点修好了，找到了经验，再修。

那段时间，我天天都在等雨。经过客厅的时候，忍不住会看那个缺口一眼，它像一个豁牙那样。

终于雨来了，雨停了，天晴了，师傅来了，“叮咣”一阵操作，那颗豁了几十天的牙，被修补好了。为了尽快让修补位置干燥，我从浴室拿来了吹风机，耐心地吹，吹了几天之后，我找来当初装修负责墙面施工的工人，用余下的保存在橱柜里的硅藻泥恢复了墙面的原有颜色，虽然有点色差，但终于不再吸引我的视线，可以忽略它了。

又过了一个多月，下雨了，又漏雨了，比原来漏得还厉害。这次维修师傅跑到了楼顶，在楼顶凿开了一个大洞，说上次维修的方法不对，问题出在外面，不应该在里面凿洞。我给甜甜打电话：“甜甜，自打屋顶被凿了洞之后，我这段时间总是睡不好，老觉着自己后脑勺空落落的，感觉也像是被凿了个洞。”甜甜在电话里咯咯大笑说：“哥，你太幽默了。”

如今五年过去了，屋顶的漏雨点，像雨天的风湿病一样，只要一下雨，甚至只要天气预报有雨，都会犯病，那片乌云的颜色就会变重。五年的时间里，经过了四次维修，那些已经藏起来的调皮的雨，就是不肯出来，外面还有更刁钻的雨，想方设法也要进去补充大部队。负责屋顶修缮的师傅，据说已经有了心理阴影，我们这个小区的电话，尤其是我的电话，他再也不接了。

而甜甜，还是那个甜甜，仍然非常乐观，偶尔在小区里碰到，她还是会咯咯地笑：“哥，你家最近又漏雨了吗？”

我早已学会了不生气。好像一开始也没生气过。自从有一年在一个秋季的雨天拜访过高老师家之后，就更坦然了。

高老师的家，在一个很大的小区里，小区只有三座独栋别墅，位于最中央的花园，高老师家是其中的一栋。那年秋天我去拜访高老师，他带我参观他五百多平方米的家，房间多得令人眼花缭乱，在其中的几个房间里，都看见了一个长相完全一样的物件：水桶。那些水桶放在房间不同的位置，桶里有半桶水，这半桶水的来源，就是屋顶上漏下来的雨水。

和高老师喝完酒，他坐在门口的地面上抽烟，屁股下只垫了一张不知道是哪天出版的晚报，我问他："高老师，您这价值一两千万的别墅，这么个漏雨法，您不着急吗？"

高老师眼皮也没抬地回答我说："房子嘛，哪有不漏雨的，睡觉滴不到身上就行。"那一刻，我觉得高老师是个哲人。

4

在电影院里看电影，《我和我的父辈》，看到章子怡主演兼导演的那个环节《诗》，有个情节让我恍神了：明明是在戈壁里，为什么会下那么大的雨？明明是干打垒的土墙房屋，雨是它最大的敌人，为什么要遭受那么大的雨的袭击？屋里水深到半腰，盆漂起来了，桌子倒了，孩子吓得挤在墙角的床上不敢动，章子怡饰演的母亲浑身湿透，咬紧牙关，一句话也不说，只是用盆不停地往外舀水。

这个情节成功地激起了我内心的焦虑，一些过往的早已沉睡的被遗忘的遥远记忆，在那一刻成功复活。在黑暗的电影院中，我感觉章子怡从银幕里舀出的那些水，都兜头浇在了我的脸上，让我僵直地坐在影院舒适的椅子里，竟然一动也不能动。

20世纪80年代的时候，我住在乡村的土坯房子里，屋顶是稻草苫的，每逢下雨，无论大小，必漏雨。经常在半夜的时候，奶奶会挨着屋子，把她的儿子们都叫醒，让他们找盆、找瓢、找饭盒等任何能将水舀出屋子的工具，整体划一地干活。奶奶驱赶着她的孩子们去做这件事，一刻不停地唠叨着监工，如果舀水的速度不快一些的话，早晨的地面，就会被泡成一片泥塘。

通常在天光大亮的时候，屋外的雨会停住，可屋内的雨不会停，它们一滴一滴地砸在脸盆里、铁壶里，发出不同的声响。

“叮”“啪”“噗”，那些雨滴有节奏地落入接水的工具中，无休无止。这些声响没有催眠的作用，反而有让人清醒的作用，好不容易沉重的眼皮合上了，一滴雨水落在了额头、脸颊，蓦然惊醒，用手去脸上寻找雨水的痕迹，却发现脸上根本没有一滴雨。

那滴神秘的雨，从童年穿过了我的少年、青年时期，直逼我的中年时光。它不肯放过我，它甚至不分昼夜地落在我的脸上，在睡梦中，在走路的时候，在开车时。有时候开车走在高速公路上，也会觉得脸部一凉，仿佛有雨穿透了挡风玻璃，打在我的脸上，我知道那不是雨，即便是，开车的时候也不能将手脱离方向盘去擦拭。

如果那是雨，就让它停留在脸上好了。

20世纪90年代，我们举家从乡村迁往县城，家里的人口多，房子不够住，我分到了东厢房的一小间，有用报纸糊满了的墙壁，以及用竹竿扎起来的顶棚。墙壁上的报纸可以用很长时间，但顶棚的报纸不可以，因为只要下雨，雨水就会不断积聚，积聚到一定的时候，顶棚轰然炸裂，小半盆的水落在地面上，形成了一小片“湖泊”，我看着这片“湖泊”出了一会儿神，然后不去管它，窝在床上，继续写诗，边写边想，以后要是有钱了，一定买最高处的房子，再也不住这么矮又这么爱漏雨的房子里了。

淋过雨的人，不会再忘记带伞。打开我家的鞋柜，仔细搜寻一下的话，说不定能找出十把以上的雨伞，有些雨伞，用过一次之后，就再也没用过，一直沉睡在鞋柜里。

去年，我给家人每人网购了一双雨靴。是的，就是20世纪90年代的那种长款款式的雨靴。我说，如果下雨了，送孩子上学，或者去取快递，可以穿雨靴去，也可以穿出去，踩水玩。但那四双雨靴，一次都没有被使用过，城市里的路面，不需要雨靴。我把属于我的那双，放在了我的书桌底下。

至于漏雨的屋顶，除了客厅北墙角的那块，其他不严重的漏雨点，除了依稀能看到曾经渗雨的痕迹外，不仔细看的话，已经什么都看不出来了。

这有点奇怪，明明那些地方，没有维修过，难道是它们自己愈合了吗？

孤独的人

1

那是多年前的一个下雨天，雨很小，不用打伞，我走了几百米路，穿过马路到武大树家吃饭。那是我第一次去他家，也是最后一次。在许久不曾见面之后，没有由来的，我时常会想起这顿饭。也许，那是我与他吃的最真实的一顿饭。

武大树是一名导演，拍的是文艺片，拍了六七部，除了第一部在院线一日游之外，再没别的作品在院线公映过。忘记了在哪个场合认识的，只记得认识不久之后，就经常见面，有一段时间，他经常在半夜十二点的时候打电话把我吵醒，让我出来喝酒。

对于熬夜喝酒这事，自打我进入中年之后，就很少发生了，但武大树似乎有一种特殊的能力，让我不好拒绝他。每次喝酒，无论人多人少，我们总是能说出很多话，这就是俗话说的聊得来吧。他说的时候，我会认真听，我说的时候，他也会认真听，很少插话，或者打断，这在我的朋友当中，是少数。

事后想来，我们聊天的主要内容，是写剧本，怎么写一个好故事，怎样把情节搞得很精彩，如何制造一个悬念，如何让人物性格更鲜明，还有，要是能把社会现实融入其中就更好啦。我爱给他讲一些有关男女情感的、家庭的、中等收入阶层的故事，有些纯粹是顺口瞎编，他每次都表现出非常感兴趣的样子，每每谈到兴高采烈处，他总是忍不住把自己的隐私吐露一些出来，说可以成为我的素材。

我觉得他的讲述很精彩，也摩拳擦掌说可以写成剧本，等到拍摄完成首映的时候，上台谈一下创作感言，感受一下观众席上的掌声雷动。但这样的事情，在吹牛的时候一切皆有可能，酒醒之后，就全忘到爪哇国去了。

我许多次食言，但武大树不以为然，从未讽刺过我说话不算数，也不影响再次见面的时候，继续探索人性的幽深，谈如何把或美好或复杂的人性呈现于大银幕上。现在想来，我和武大树可能是一路人，我们有相同的优点，也有相同的缺点，且彼此都能清晰地看到这些优点与缺点，会欣赏，能接受，不鄙视，擅长遗忘。

这也是为什么这么多年我难以忘记他的理由，哪怕有些时候被他气得够呛，但想要找人聊天的时候，都还忍不住想起他。

那个下雨天我穿过马路，进入了他家的小区，在高大的梧桐树下打他电话，问他家的单元和房间号。几经周折找到了，进门之后，他让我在客厅喝茶，他在厨房里忙碌，一个小时左右，菜、饭和酒都上桌了。

那次喝酒具体聊了什么内容不记得了，好像比较朴实，没有谈天说地，牛皮哄哄，就是谈了点家常琐事，剩下的时间，多数在沉默。沉默的武大树是真实的，一旦开口说话，他就不是他了。

2

武大树出生在南方某富裕省份的一个优渥的家庭——他自己是如此说的，但我对此一直有怀疑。他说他的父亲是个生意做得很成功的人，他继承了父亲的优点，大学毕业后做生意做得风生水起，钱赚得盆满钵满。突然有一天他对赚钱失去了兴趣，觉得赚钱太容易了，对他形不成挑战，也带不来荣誉感，于是在与父亲大吵一架之后，武大树带着积蓄来到了大城市北京，追求自己的艺术梦想——拍电影。那个时候，他已经结婚生子，把媳妇和孩子一起带到了北京。

武大树的第一部电影差一点就大获成功，那是他迄今为止最优秀的作品，在文艺青年圈子那里颇受欢迎，不少次小范围放映都赢得了鲜花和掌声。这个片子的女主演后来又继续主演了武大树导演的几个作品，但表现一般。我们在一张餐桌上吃过几次饭，是个相貌不怎么漂亮但骨子里挺性感的女人，不怎么爱说话。

后来武大树把自己买下的一个故事版权，卖给了一家商业公司，那家公司投了不少钱将故事拍了出来，结果影片一炮而红，挣了几个亿票房，还获了奖，那个一直跟随武大树的女演员，主演了那部电影之后成名了，身价大增，介于一线与二线演员之间。武大树没有后悔失去这次可能让他名利双收的机会，在他看来，这样的故事，他还可以组织人写出来，他导出来，出名挣钱，是早晚的事。

武大树一直活在这部不属于他的成功电影的“阴影”里，他的经验彻底束缚住了他。我在评价别人作品的时候，会斟酌字词，尽量不流露情绪，但在评价武大树作品时，却会毫不顾忌，口不择言，哪句话能戳人心窝子就说哪句话。他从不因此生气，更不会与我绝交，在这方面我挺佩服武大树，觉得他还算是一个胸怀宽广的人，敢于接受批评——尽管我知道他对批评的真实态度是：全盘接受，坚决不改。

武大树卖给别人版权的那部电影，给他挂了一个策划人的名字，他的公司，也在七八个出品方名单中，排列在最后一位，依靠这部电影，武大树的公司先后赢得了几次投资，少的时候有几百万，多的时候几千万。这些钱很快被他花掉，至于花到哪儿去了，恐怕只有他自己知道。

进入了娱乐圈并且有了一点钱之后的武大树，在事业上依然波澜不惊，但后院却起了一场大火——他的媳妇带着儿子“失踪”了。原因是他和自己成立的电影公司的一名管理者搞到了一起，身为公司会计的他媳妇的报复方式是，坚决离婚，坚决不让他见儿子，并把公司的钱款全部转走，不给他留一个子儿。几十个人等着武大树发工资，武大树在那几个月神情憔悴、身心俱疲，不知道他是怎么熬过来的。

武大树曾经带他媳妇、孩子来我家吃过一次饭，给我印象比

较深刻的是，他媳妇看上去是一个挺温柔的人，起码在外边的时候是这样的。但据武大树说，她在家里是头狮子，几乎掌控了家庭里的一切，也控制着武大树的一举一动，武大树说作为一名艺术家，他所拥有的理想与灵感，快被这头“狮子”全部杀死了，在家里的时候唯有躲进厕所里并且把门反锁上，他才会有喘息的空间。所以对于媳妇的这次“暴击”，他拒绝了所有人希望他低头的建议，任由媳妇在精神上杀死他之后，又一次在经济上杀死了他。

武大树媳妇当时加了我的微信，在微信里控诉武大树的“小人作为”，她希望我加入一起逼疯武大树的队伍，她已经与她和武大树手机通讯录上的每一个人都联系上了，武大树的隐私每一个人也都知道了。我拒绝了他媳妇的提议，我说：“你给武大树留一条生路，哪怕是为了孩子着想。”结果他媳妇把我拉黑了。

武大树有没有疯掉我不知道。有一天我在朋友圈看见一名投资人发了一段文字：“武大树你他妈的不是东西，我只要见到你必打你一次。”这条朋友圈停留了大约半个小时之后消失了，我在想，武大树究竟对那位投资人说了什么，才能让对方删掉那条朋友圈。

在武大树媳妇消失于他的生活两三年之后，发誓再也不会结婚的他，和公司的那名管理者结婚了，新媳妇把武大树的生活起居、工作安排、财务收支等，全部接管了下来。但这次武大树没有抱怨，他的后院平静了下来，但他仿佛也颓了起来。

好几次他打电话给我，第一次说，用你的钱投资我公司吧；第二次问，你手里有没有三十万先借我用几个月？第三次说，这个月发工资钱不够了，你帮我周转一下？我说我只是一个码字的，哪儿有多余的钱借你？

后来某个深夜，他又打来电话说，我在请投资人吃饭，没钱买单，你帮我把账结了吧。

3

“武大树，你能不能管管你媳妇？”有一次我忍无可忍地发微信对他说，他问：“怎么了？”

事情是这样的，前不久武大树希望我帮他看一个剧本，提提意见。这样的事情，我已经做过数次，读剧本，找逻辑漏洞，看看哪里还可以提升，给编剧写修改意见。当然，这样的活儿是义务劳动，武大树不会付我一分钱。

武大树曾数次邀请我参加他公司的剧本改稿会，对于这种会议，我一向深恶痛绝，绝不参加，忍受不了满屋子的烟味，更忍受不了说了几个小时废话之后，大脑里的一片虚空。我能在家里帮武大树看剧本，在武大树看来，是他退而求其次的做法，是对我的退让。有一次我实在忍不住好奇问：“你是怎么能够做到这样，理直气壮地要求别人帮助你，而又没有丝毫内疚之心的？我特别想学学，因为这种事情，我连开口都不好意思开口。”

武大树的理论很有意思，他说：“你是我的朋友吧？朋友有难处，希望你帮助，你不应该坐视不管吧？况且又没有让你两肋插刀，看个稿改个稿对你来说是小菜一碟。”

我说：“你无耻的样子，很有那谁的神韵。”武大树哈哈大笑说：“朋友就是用来免费利用的，不然要朋友干吗。”

我好几次说：“这是最后一次替你义务劳动了，没有下一次。”但是当武大树再次要我帮忙的时候，我仍然没法拒绝。对别人我可以斩钉截铁，一刀两断，但对武大树却做不到。这很神奇。

有一次在烧烤摊，我和武大树两个人，喝完白酒喝啤酒，喝到两个人都差不多醉了的时候，不免又有一番灵魂对话。

我问武大树：“为什么有些事，有些近乎无理的要求，你还有勇气对我开口？”

武大树说：“你以为我会对谁开口？对我的投资人吗，告诉他们，我连请客吃饭的钱都拿不出来？告诉我的员工吗，你的老板这个月发不出工资了，你们要是心明眼亮的话，赶紧跑路吧！告诉我的前妻吗，她要是知道这个消息，肯定会笑出声来。”

我说：“你怕在别人那里丢面子，就不怕我让你滚蛋？”

武大树说：“你不会，你是一个好人。”

我说：“我没你想的那么好，其实有两次你借钱的时候，我有，但是故意没借给你。”

武大树说：“你是担心肉包子打狗一去不回。”

我说：“不是，我是觉得你把我当成了好欺负的老好人，你太肆无忌惮，你并不在乎失去我这样一个朋友，这让我觉得非常不舒服。”

武大树说：“好像你说得有点道理，我没仔细想过，我要仔细想想，是不是这样。”

那晚我和武大树喝得酩酊大醉，先是他送我回小区，我不肯进去，又送他回小区，到了小区门口，他死活不愿意回家，在一棵大榆树下，我们抱头痛哭，我骂他混蛋，他骂我无情无义。哭了一会儿我醒酒了，把他推到一边，他还没有醒酒，转身抱着半米粗的榆树继续哭。

这样的抱头痛哭，并没有让我觉得，我与武大树的友情会一直持续下去，我和他都非常清醒地知道，我们坐在一条长桌的两端，我们只是谈得来，但价值观有许多差异，行事风格有很大不同。但是，或许是因为那份不在乎，我们在对方眼里，都很真实，是那种其他的真正的好朋友，都发现不了也无法拥有的真实。

我决定把这份难得的真实延续下去，所以当他媳妇发来微信，让我再一次帮武大树看剧本前，要先签一份保密协议的时候，我实在忍不住了，发微信质问武大树："你能不能管管你媳妇？我天天替你免费干活义务劳动，什么时候泄漏过你一丝一毫的商业机密？既然这么不信任我，为什么还找我干活？"

武大树没事人一样地说："你就签一下呗，拿笔划拉一下，几秒钟的事儿。"

我说："老子不签。不签的原因是，你这个剧本狗屎不如，根本用不着保密，就是满大街去散发，全网络泄密，我敢保证也不会有人看中，投资你这个破故事。"

4

我对武大树的作品，永远在提缺点，但武大树对我写的东西，却总是赞赏，一本书，一篇文章，哪怕是一个标题，都会被他提出来津津有味地谈论一番。我知道自己的水准，对他的话不以为然，总觉得他另有图谋。

多年来，武大树从未放弃让我给他写一个本子，他来找演员，亲自导。我说写可以，但要按业内的规矩，先付三成的定金，交稿后付六成，拍摄完成后付尾款。武大树从未答应这个要求，他说："你看，你看，你就是做不了大事的人，咱们采取票房分成的合作模式多好，要是影片大卖了，分成会比稿费多几倍、几十倍。"

我不信任他。其实也是不信任我自己。2019年有一段时间，我对写作失去了信心，产生了深深的自我怀疑，经常处于自暴自弃中。夏天的时候，武大树从地方政府那里找了一笔钱，正在郊区拍摄一部可能永远无法公映的电影，他请我去摄制组玩几天。

这是我第一次进入武大树的工作现场。武大树的工作作风和他的为人一样，以自我为中心，追求形式主义，真到了需要认真的时候，又马马虎虎。比如，坐在监视器面前的他，戴着墨镜，抽着雪茄，一只脚踏在凳子上——摄影师把工作照拍摄出来，肯定很帅。可是，他并不在意演员在镜头面前的表演，他只满足于喊"开始"或"停"，并且在喊"停"之后自己带头鼓掌，说演员这场演得好。有些情节，拍一条就过了。

这次武大树拍摄的剧本是自己写的。对于他写剧本这件事，我曾经劝阻过不止一次，告诫他术业有专攻，你当导演就好好地当导演，把剧本交给专业的人士去做。他嬉皮笑脸地说，咱们不是谈了许多次剧本吗，你不写，那只好我自己来写了。

武大树不但要在自己的作品里署上导演的名字，还喜滋滋地想要看到编剧的名字也是他，最要命的是，剧本里的男主角，名字就叫“武大树”。

从武大树公司出走并成名的性感女演员，这次来客串他的新戏，总共三四场戏，一个下午就拍完了。晚上的时候，剧组晚宴，武大树让我谈谈感受，一开始的时候，我说不谈了，挺好的，对我来说拍摄现场挺新鲜，看着挺好玩的。武大树不满意，说：“让你谈，你就说真话，像之前咱们两个人喝酒时那样，畅所欲言，你不是说要当一个说真话的批评家吗。”

我说：“那好，武导，恭敬不如从命，首先我觉得你不该当这个编剧，剧本之前看过了，它还没成熟到可以拍摄的程度；其次，虽然编导一体很时髦，不少大导演都是这么干的，但如果别人写能让你的本子提升几个档次，何乐而不为？最后，我觉得今天的拍摄，挺失败的，气氛、表演、台词，都不对劲。”

武大树说：“哪里不对劲了？”

我说：“这个以后再说，我要继续说的话，就是长篇大论，讨人厌了，耽误大家喝酒。”

武大树说：“你不直截了当地告诉我哪里不对劲，就说明一直以来你在冒充行家。”

我说：“对对对，对电影我确实知之甚少，偶尔写一篇影评也是瞎扯淡，空洞无物，顶多是观后感，你又不是不知道。”

武大树说：“我觉得你挺虚伪的，你和我做朋友，不就是觉得可以在创作层面指导我吗，指手画脚谁不会？你又觉得你的文章你的书好到哪里去？有几个人看？几个人买？你来给大伙说说，你哪本书卖超过一万本了？”

我说：“武大树，提意见是不是你让我提的？是不是你，一次又一次，打电话发微信，说有意见尽管提？你以为我天天闲得没事，需要借助帮你看本子找存在感？”

性感女演员觉得气氛不对，赶紧劝阻，说：“两位哥哥，别闹了，喝酒啊，划拳啊，酒桌上咱不谈工作，不谈创作。”

武大树说：“瞎来什么劲呀。”

我说：“武大树，你说我来劲是吧，那我告辞了，还有，从今天开始算起，请一年内不要用任何方式联系我。”

5

武大树真的整整一年没有给我打电话，也没有发微信，但我们彼此都还看得到对方的朋友圈。他辟谷了，他学佛了，他打坐了，他上山了……有一次，我刚转发了一篇文章，看见武大树点了一个赞，没等我第二次看清楚，那个赞又消失了。

我觉得自己与武大树闹掰，是件非常可笑的事情。但奇怪的是，从内心深处，我并没有真正讨厌过他，可能是从一开始，友情的基调就定在了知无不言、言无不尽的基础上。又或者，他看中了我是个可以利用的免费劳动力，我看中了他可以接纳我的攻击性。

从反思的角度看，夏天的那次不欢而散，主要的原因在我。如果只是我们两个人的饭局，哪怕当时的言辞更激烈一些，都不会触发武大树反弹，那次餐桌上的人太多，有演员，有摄制组各部门的负责人，他要维持自己的威信，方能领导整个团队，而我，以朋友之名，破坏了他的威信。

我想给武大树打一个电话道歉，但是2019年春节之后，疫情来了，一直未散，出于各种各样的原因，那个电话一直没有打出。我想，天下没有不散的宴席，许多朋友，散了就散了吧。

到了2020年夏天的时候，我喝了一点酒后正枯坐于书房的电脑前，微信电话响了起来，是武大树打来的，还没来得及等我开口，武大树先问了我一个问题："你知道今天是什么日子吗？"

我说："武大树你是不是出家了？看你朋友圈整天云山雾罩、仙乐飘飘的。"

武大树说："先说今天是什么日子？"

我问："什么日子？"

武大树说："我们俩分手一周年的日子啊，哈哈哈。"

粗略地算了一下，一年前的那个夜晚，此时此刻，正是武大树在酒桌上脸红脖子粗和我争论的时候。

我说："你真行，把时间记得这么清楚。"

武大树说："你说一年不给你打电话，我就整整一年没打，说一年就一年，差一天一小时一分钟都不算一年，你看看，我还是一个信守承诺的人吧。"

我鬼使神差地岔开了话题说："你现在还缺钱吗？"

武大树说："怎么，你要借钱给我？微信转账就行。开玩笑的，哥们是生意人，怎么可能会缺过钱？最近有什么好故事，给我写一个剧本？这次我可以答应你，先付你一千块定金。"

我说："武大树，江山易改，本性难移啊。"

武大树说："啥时候来喝酒？我搬家了，来新家聚聚？"

我说："等疫情结束之后吧。"

我与武大树有三年没有见面了。早知道会有三年不见面，就该在酒桌上告诉他"三年之后再给我打电话"，那样的话，说不定2022年的夏天，我们能喝上酒，就两个人，吹吹牛，骂骂对方写的烂东西，在彻底醉掉之前告别，免得又发生抱头痛哭的糗事。

三年的时间里，并没有时常地想起武大树，我想，他也是很少想到我。

我们之间的友情，既功利又现实，既真实又带着那么一点儿残酷。

但我觉得，对于孤独的人来说，这样的友情，挺好的。

迷茫记

1

一位朋友，得了阿尔茨海默病。不知道用“得了”这个词来形容合不合适，相比于“患上”，说“得了”还好受一些，就好像走路不小心被绊了一下，没绊倒，不耽误继续往前走。

也不愿意用“不幸”的态度，来看待这件事情。不想把它当成一种灾难，可是它的确缓慢地、无可阻挡地降临，像丹尼斯·维伦纽瓦导演的电影《降临》中深沉宏大的背景音乐一样，从远处、从高处、从背后，推进，再推进。

在冬日的一个大风天气去看他，他送我一幅字（别人委托我向他讨要的），而我要送他一副拓片（别人送我，我转送他）。我们约好了在他家楼下见，他告诉我把车停在地库，然后从某个出口出来，他会在出口处等我。然而那个地库有两个出口，当我从假设的那个东出口出来的时候，他跑到了想象中的西出口接我，当我从西出口出来的时候，他又回到了东出口，我们两个像捉迷藏的孩子那样，东跑西躲了十多分钟……直到我说：“你不要走动，让我跑。”

第三次跑出东出口的时候，看见了他站在寒风里，身上穿着单薄的家居棉服。看见我，他把一个牛皮纸袋子交到我手中，一句话没说，转身就要回家。我喊住他，把装裱好的魏碑拓片交给他，甚至还没来得及听我交代一下来源，他就匆匆走向楼道。我看见他的棉服被风吹得有些飘，心想他可能是怕冷，并不知道，其实从那个时候起，他已经开始遗忘了人间许多人和事。

那是2020年的冬天，疫情断断续续，已经持续了一年。我们原本一个月至少一次的酒局，变得很难聚齐，尤其是在他开始彻底缺席之后，大家聚会的动力也少了许多。不过，有十多年友情的打底，我觉得我们已经永远不可能陌生，何况，还有联系密切的通信工具微信。

每周七天的时间里，至少有三天我们在通微信。多数情况下，他是在交代稿子的问题，他发来的微信公众号文章，某一个句子要删掉，某一个错别字要改一下。他说完这样的事情，我会明确地给出“好，收到，马上改”这类肯定的答复。但过不了一小时，他又会将同样的话语再发过来一次，我也在答复的后面加上感叹号再次回复过去。他仿佛有些不好意思，发来了“谢谢”的动图，来自多年老友的“谢谢”让我觉得尴尬，为了化解一下，也发了“耶”或“干杯”的动图过去，于是，有时候聊着聊着我俩就开始斗起图来，一斗就是一长串。

一个远方的我们共同的朋友打电话过来，问询他的状况是否属实，我沉默了几秒说：“是的。”她哭了，继而跟她说到我和他经常斗图的事情，她又破涕为笑。阿尔茨海默病，阿尔茨海默病嘛，我们早晚有一天，也会走在这条路上的，希望到那个时候，我们都还能记得用斗图来打发时光。

2021年的冬天，在一个朋友家的别墅聚会，他来了，我们轻声说着话。我轻声地问，他轻声地答，审慎说出的语句，像两件皮很薄的清脆瓷器在空气中碰撞，碰到，碎了，我们把它们捡起来，黏合之后再次放到空气中碰撞。他总是有肩膀往回退缩的轻微动作。我想凝视他的眼睛，好不容易逮到一次他的眼神，他的眼睛整体仍然是一如既往的清亮，只是多了些迷茫，那迷茫像早上山间的晨雾，不多，飘忽，可总是散不去。

后来他躺在大玻璃窗下的沙发上休息，向外看着不停走动的家养大白鹅，如释重负的样子。我们在旁边的茶桌上喝着茶，偶尔向他喊话："你到底来不来喝啊？"他不回答，静静地想着事情。

他穿着红色的外套。窗外的人工湖，被玻璃映射得更加波光粼粼，那些光在无限地扩大、外延，大白鹅展动翅膀的那个瞬间，我看见了时间的大海，视线开始变得模糊，我们都成为困在时间里的人，我们所在的地方，成了一座孤岛，而他的红外套，是孤岛上唯一鲜明的旗帜……

有人喊我的名字："韩浩月，韩浩月，喝酒。"我从迷茫中醒来，看见桌子对面有人跟我举杯，他是我在聚会上刚刚认识的人，我花费了一点时间努力记住了他的名字，但在他找我喝酒的那个瞬间，他的名字仿佛被无形的东西吞噬，我尴尬地起身，走到他的身旁跟他碰杯，嘴里说着"敬您，敬您"。回到自己座位上的时候，我打开手机，找到专为聚会建的一个小群，找到了他的名字，那个时刻，我回到了清醒当中。

2

忘记了是在哪个城市的高铁中转站，我感到了自己的渺小、局促、不安和孤独，感到头晕目眩，仿佛不像是在地球，好比穿越到了某个时空，我成了被丢弃出队伍的旅人，焦虑地前后张望，想要抓住一个人随便问一个问题，可路过的人走路的速度都太快了，我亲眼看到一个挎着篮子的大婶，都以貌似七十码的速度从我身边飞驰而过，根本没法让她停下来交谈几句。

很少坐高铁，平时出远门，要么是飞机，要么是自驾。第一次坐飞机给我留下不太好的体验，这么多年一直深刻地停留在脑海里。要寻找对应航空公司的柜台，去排队打印登机牌；要找安检入口，并且在去安检的通道中，不断在登机牌上搜索候机口——虽然工作人员在登机牌上标示候机口的位置画了一个圈，但该死的每次我都没法一下看清这个圈画在哪里，第一次找到之后，想要第二次查看，又得重新再找一次。有时候还要坐摆渡车，啥是摆渡车，是百度生产的车吗？机场不是建在陆地上吗，怎么和船搞在一起了？我不知道机场摆渡车是干吗用的这个笑话，曾被朋友讲了好几年。

我特别喜欢小的机场。小机场太可爱了，一切都是迷你的，五分钟转个圈就把机场逛完了，进了大厅就可以直奔柜台，拿到登机牌转个身就是安检口——通常还没什么人排队，起飞也比较准时。而且小机场的飞行员在飞行的时候似乎也更利落一些，有种天阔任鸟飞的自在与豪爽——这更符合我在农村生活的体验，少年时扛着锄头去玉米地锄地，出了村口，天地顿宽，怎么奔跑都没关系，惊起一滩雀鸟。

那次在高铁中转站的体验，精准地唤醒了我已经遥远的农民身份。尽管我经常自嘲骨子里的农民意识与长久难以去除的乡村生活习惯，但事实上这个人如果坐在你面前，如果他不刻意强调的话，几乎没人会觉得三十多年前他的腿还经常被埋进泥土里。城市把我变成一个喝咖啡、用高档手机、走进五星级酒店也不再左顾右盼的中年职员。城市生活的规划和教训，使得我处在日常生活的运转轨道当中时，一切会安排得有条不紊。但高铁中转站破坏了我好不容易在城市里获得的安全感，它甚至让我在某一刻觉得自己赤身裸体，虽然旁边的人没有一个拿正眼瞧我，但还是让我觉得羞赧无比。

不得不说我国的高铁中转站建设实在太扎实、太超前了，它不像是建设于三两年前的建筑物。如果允许我做一个大胆的想象的话，我认为它出现于2050年更能符合我的接受度。

之所以数度强调高铁中转站而非高铁站，是因为中转站只是高铁的一部分，它为从一个城市跨往另一个城市但两个城市又暂时没实现直达的旅客提供中转服务。它其实是整座高铁站中一个比较小的组成部分，简单地说，是一个半封闭性质的通道。我们通常认为，通道都是狭窄的，比如城市两座大厦之间的过道，比如马路下面的地下通道，因为狭窄，我们早已养成遇到通道便快速通过的习惯，以免人群堆积。

但这座高铁中转站的通道实在是开得太宽了，宽得像北京的一条大马路，站在这边说话对面会听不见，是需要配合着打手势才能实现沟通的那种宽。我是在刚进入通道第一米的那个瞬间，产生踏空感的，面对这么宽的通道，我瞬间忘记了自己的下一程该往哪里去。我手机里的转站信息清晰地写着转站入口是18（也可能是28），一眼望去，一排印刷在白色标记牌上的红色数字，犬牙交错地出现在视线里，我要去的入口肯定在这一堆数字之间，我要找到它。

我举着手机像举着探测仪器抑或举着保护自己的手雷一般向前进。经过第一条通道时，用视线的余光看见有高铁已经完成了乘客的换站工作，开始“起飞”——是的，就像飞行员拉升起飞杆那样，想象中，高铁驾驶员也拉动了他的起飞杆，列车在铁轨上以飞一般的速度动了起来。飞机也好，动车也好，起步的那几分钟动静是最大的，所以出处为《新唐书·南蛮传中·南诏下》中的“呼啸”这个词，在古代被形容为风声、喊声、笛子声、武林人士召集好友打群架时的声音，而在现代常被用于交通工具身上。

一个写作者的本能，让我哪怕意识到自己的紧张与焦虑正在体内如落叶一般呼啸、聚集的时候，也没有忘记去观察眼睛所看到的景象。这条中转通道不仅宽，而且高，高得像教堂的大厅，像夏天中午的晴空，一个成年人向上扔一粒石子，也没法轻松做到让石子触顶。这种高与宽，带给个体最大的感受，就是觉得自己像只蚂蚁，一只徒劳的蚂蚁，怎么也追不上、搭不上时代列车的蚂蚁。

通道一侧的诸多分岔口，被设计成了拱形门的形状，这使得它们看上去更具备一种神圣感与庄严感。配合这种神圣与庄严，乘客必须回报以虔诚与尊重，而尊重的最好方式就是加快通行速度与通行效率。一切都在以精密的形式运转着，在我短暂而又聚焦度很高的观察里，列车停下了，车内人鱼贯而出，有人把半个身子探出来，用手捏着烟屁股狠狠地抽了几口，然后飞快地跑出来把烟蒂扔进垃圾桶再飞快地跑回去，再晚一步列车员就会吹响他的哨子了。车外的人快速有序地进入，在可能连一分钟都不到的时间里，列车就完成了它的装卸，像一只精力旺盛的、飞跃到一半不得不落地的、弓腰驼背的猫一样，把剩下的这一半力气，一鼓作气地“发射”了出去。

我必须要在十五分钟时间内完成换乘，所以不能把太多时间用于满足好奇心方面，如果时间充足，我可以停留大半天，在这里感受科幻大片一样的感觉。我一边不停地记录与摄入信息，一边用焦急的步伐赶往自己的18（或28）通道，好在头脑当中一贯冷静的那个部分，在空旷与宏大带来的迷茫中起到了探照灯的作用，我很快找到了自己的换乘通道，紧三步慢两步地转入了一个人群聚集口，乘客们在此接受二次检票。

一个女人绝望的哭声从人群边上传来，这边的一群人有二三十人，她自己在那边组成了“一群人”，这边的一群人在看着那边孤独的“一群人”。之所以把她形容成“一群人”，是因为在她哭泣的声音里，我瞬间分辨出了或属于她或不属于她的诸多身份，一个女儿，一个妻子，一位母亲，一个很少出门的农妇，一个从中年奔向老年的中老年人。她的哭声在告诉我许多事情，究竟是什么事情在当时我没法思索，现在可以推测：她可能要去目的地所在城市看望自己上大学的女儿，她的女儿遇到了麻烦需要她去解决；她可能是去一个从未到过的城市看望她离异多年的丈夫，在死之前他希望再见她一面……太多太多可能性了，没法一一假设，唯一可以肯定的是，她被挡在了二次检票口的门外。

是身份证丢了吗？是健康码的颜色变了吗？是不知道怎么从手机里调出电子客票了吗？时间并不允许我过去问她一下，因为我要在几十秒的时间里让安检人员查看健康码，刷身份证进站。她的哭声总共在我耳边响了不到一分钟的时间，可是一直到现在，我都能清晰地感觉到哭声在回绕。是的，一个陌生人的伤心与绝望，是如此深刻地刻入了另一个陌生人的脑海。

坐在动车座位上的时候，我松了一口气，但整个人并没有轻松下来，刚刚过去的一切，在迅速地缩小，凝聚成一小团，逐渐变灰变暗，朝着记忆深处消失。我们的记忆，我们的大脑，其实也是片大海，可以分为浅海与深海、前海与后海，在寂静的深海处，停留着太多声音、影像、故事与往事的残骸，不知道它们什么时候会被翻腾上来，但大多数时候（百分之九十九），它们如同腐败的厨余垃圾一样，慢慢地分解、消失……与此同时，浅海与前海的沙滩上，阳光正好，孩子欢闹，遮阳伞五颜六色，音乐若隐若现。

3

迷茫与混沌还是有很大区别的。迷茫的体积很大，重量又很轻，有一部美国电影，说的是一个小镇遭遇大雾包围，电影里的人从始至终都没有走出那片大雾，看完它之后每次想到迷茫这个词，脑海里就会浮现出这部电影的画面。我记不得电影的名字了。

混沌很小，很重，像一棵千年大树的一个切面，再精确一点形容，就像一块用了许久的老切菜板，油腻，混浊，不透气，看着就让人分外压抑。混沌属于年轻人，迷茫属于中年人，什么属于老年人？我还没体验过，我猜，那恐怕是清澈。之所以这么猜，是给当下的自己一个暗示：往清澈的方向走，老了之后，把自己变成一滩水、一汪水、一滴水，某个时刻太阳光斑一闪，这清澈就消失了，多好。

我第一次意识到自己的混沌，是二十来岁时在我们市里的一个十字街头，喝醉了，先是在街角的公用电话亭，不停给一位朋友打电话，邀请他出来喝酒，他说他正在上班，我说上什么班啊，上班有喝酒重要吗？打了几次之后，电话就再也没人接了，估计他是把电话线拔了。

于是我很伤心（其实是为撒酒疯找借口），于是我在我们市里一个交通最为拥挤的十字街头，把自己兜里有的东西都掏了出来，一边掏一边扔，身份证，扔了，钱包，扔了，回县城的车票，扔了，这些东西扔完之后，感觉把自己也扔了。在意识到再无其他可丢弃的时候，酒醒了，我看见街心站着一个傻瓜，在一番张牙舞爪之后，正垂头丧气不知所措，不远处的警察正在向他逼近。我看见天空盛大、空气透明，我的五官之间，有不远处小树林传来的花香鸟语在游动。我看见一些东西在从我的身体里撤退，现在我知道了，那是属于一个年轻人的混沌，如同一个硬壳一样，破碎了。

曾经被我打电话邀请出来喝酒的那位朋友，几年前因为一场突如其来的疾病去世了。得知这个消息的时候，我正开车走在高速公路上，心里特别痛苦，但车速一如既往，服务区还远，没法停下来大哭一场。虽然我们已经多年不再联系，但这个事件重新把我推到了那个时间段。在人开始轻视一切的时候，唯有死亡能带来一锤重击。从那之后，每每在高速公路上开车，都会产生一种迷茫的状态（或者叫惆怅也行），希望能够一直开到世界尽头，看看那边，是不是有人在等我。

我居住的公寓楼背后，就有一条高速公路，通过阳台的窗户，高速公路上的状况一览无余。疫情严重困守家中的时候，我时常在阳台上放一张马扎，坐在那里向外看许久。我的两只猫有时候也会陪伴左右，怔怔地望着窗外。

某一天，我把窗外空空荡荡的高速公路拍成了一张照片，发给我那位得了阿尔茨海默病的朋友看——只有一张照片，没有附加任何留言，他没有回复我。

但我知道，他一定看到了。

书房里的猫

1

我侧身回头看了他一眼，他就睡在我旁边的椅子上。椅子上有一个竹篮，竹篮里铺了一层防硌垫，垫子上加了一块折叠的白色旧浴巾。这是他最爱睡的位置。书房的站立式台灯，散发出橘黄色的光芒，我把灯罩往前方挪了挪，但还是有些灯光洒在他的头部，他用一只手捂住了自己的眼睛。现在是下午三点十二分，这个下午觉，他通常会睡到六点左右。

在看他那眼之后，心里浮现出了一个问题：我爱他吗？这个问题很奇怪对吧，尤其是当“他”指向一只猫的时候。通常人们都是爱猫的，小猫咪能有什么坏心眼，他们除了好奇点、顽皮点、偶尔闯个小祸，几乎想不出来有什么不可爱的地方。但我说的爱，不是喜爱，不是对宠物的那种表层的、浅显的、通俗易懂的爱，而是发自内心深处的一个疑问。是的，人类在付出爱的时候，总是带着怀疑的。

前一天晚上，我在笔记本电脑上，看五条人的视频直播演唱会。他也目不转睛地看完了整场，直到演唱会结束，到了访谈环节，我打算关闭屏幕的时候，他还是眼睛盯着屏幕不放。据说猫眼睛里的世界是灰色的，后来又有人引用科学论据，说他们能看到灰、绿、蓝三种色调。这不重要，我好奇的是，极少注视屏幕超过三分钟的他，为何会看完一场一个多小时的演唱会。他是被蓝牙连接的音箱发出的重低音吸引了吗，还是单纯地就觉得，这次屏幕上发出的灰、绿、蓝三种颜色，与平时不大一样?

在他入神地观赏演唱会的间隙，我忍不住拿出手机打开照相功能，调整到自拍视角，与他合影了一张。他对于人类的这种举动，显露出一丝不易觉察的鄙视，我惭愧地把自拍视角调了回去，用正常的拍照方法，拍下了他聚精会神的一幕，又顺着他眼神的方向，拍下了五条人抱着吉他弹奏的画面。

一只看演唱会的猫，和他的主人，不，老大，不，爸爸，一起看完了一场演唱会。窗外寒风呼啸，屋子里暖气很足，这是冬日最普通平常的一个夜晚。

2

他有一个名字，叫胖子，我偶尔叫他胖胖，大胖子，他的姐姐（真人），每当他不理她的时候，总会羞恼地喊他“死胖子”。但无论称呼他啥，他永远都是瞪着一双无辜、纯真的大眼睛，仿佛什么都知道、又什么都不知道的样子。其实他最早的正式名字叫辛巴。辛巴是《狮子王》里的那头幼狮。胖子刚出生的时候的确像辛巴，可是后来愈加憨厚的模样，遮掩了他的霸气。

胖子还有个妹妹（猫）叫花卷。花卷最早的名字叫老四，在一窝小猫出生的时候，她第四个出生。胖子、花卷在刚满三个月的时候被我抱走。在地下车库里，他们原来的爸爸，我的朋友，把装进猫旅行箱的他们交给我，把猫砂、猫粮放在汽车后备厢之后，摸着他们的头说了一句，你们有新爸爸了，眼睛就红了。我赶紧带上他们逃之夭夭。

老大（胖子的排行）和老四，在我的副驾驶座上，分外安静，偶尔喵两声，他们不知道要去往哪里，也不知道旁边那个握着方向盘、穿着黑色皮衣外套的男人，姓啥名谁。这是他们第一次出门旅行。

这是一个“阴谋”。或者说，这是一个“计划”。他们是计划的一部分。计划的策划者和实施者是我。2018年冬天，女儿八岁生日的时候，我问她，想不想要养一只猫？她眼睛一亮，女孩们怎么会不喜欢这种软软糯糯的小东西呢，她说喜欢，我说好，说不定明年的某个时候，你就会有一只猫了。

家里四口人，分为两派。支持养猫派和反对养猫派。爸爸和女儿是支持派，妈妈和儿子是反对派。如何说服反对派是个问题，毕竟添丁加口。突破口在女儿那里，在平常的家庭生活当中，她作为四票中的一票，往往具有一票肯定或否决的权力。在说完这个貌似玩笑貌似承诺的话语之后，我绝口不再提猫，只是从网络书店买书的时候，时不时地买一本与猫有关的漫画或小说，交给女儿自己看。慢慢地，她开始在家里谈论猫，在学校和同学交流养猫知识，偶尔经过猫咖啡馆，总是赖在大玻璃橱窗面前，看着不想走。

2019年6月1日，胖子、花卷空降某一蓝色玻璃公寓的3205房间。打开门，把猫行李箱放在地上，箱子里，两只圆滚滚的小东西，探头探脑地往外看，房间里一片静默，我也平静坦然，正在写作业的女儿从她的小房间里出来，我对她说，你看，爸爸是个说话算数的人，这两只猫，是送给你的生日礼物，不对，你的生日还有半年才到呐，那就提前送给你了，不对，把他俩说成礼物，也不太合适，他俩是你的小伙伴，你是他们的领导，以后，就拜托你了……我像日本动画片里的爸爸那样，假装有礼貌、讲道理。

反对派一时没想到词儿来表示抗议，只是说了一句：当时说的是一只，怎么会是两只？！

3

给两只猫起名的权利，交给了女儿，毕竟落下户了，不能再叫人家老大、老四这两个乳名。那时候胖子还是标准的辛巴模样，顺理成章就有了辛巴这个名字，老四的名字莫名其妙就成了花卷。本来胖子有机会叫馒头的，这样兄妹俩就成了一对组合，馒头花卷，但叫着叫着，花卷这个名字保留至今，辛巴却慢慢变成了胖子。

女儿怀着极大的热情，欢迎两只小猫的到来。辛巴不愧是小男生，多少还猫如其名，带着点小狮子的霸气，出了旅行箱就开始和姐姐互动起来，追着逗猫棒，迈着小胖腿在客厅里跑。胆小的花卷躲在沙发里，怎么也不肯出来，女儿以为花卷不喜欢她，还气哭了一小会。

反对派开始反攻。第一轮是就铲屎问题产生交锋。妈妈和哥哥表示拒绝铲屎，并且对打开卫生间门之后的猫屎味道进行了抗议。这个问题其实好解决，本着谁接来、谁负责的态度，爸爸和姐姐（有了俩猫之后，女儿的新头衔）负责全部铲屎工作，平时爸爸铲，爸爸出差了，姐姐铲。猫屎的味道也好办，在卫生间里安装了红外线祛味器，就可以将怪味去掉十之八九。

第二轮是就掉毛问题展开“battle”。两只猫是美短虎斑，这个品种，其实是不怎么掉毛的短毛猫，但即便如此，家里的每一个角落，还是经常可以看到猫毛或单根飞舞或成团滚动。这其实问题也不大，扫地机器人和吸尘器齐出动，每天打扫一到两次，还是可以基本实现对猫毛的控制的。但妈妈不乐意，觉得有了猫之后，绝大多数好看的衣服，都会沾上猫毛，走到哪儿带到哪儿。

在一桩“百合花中毒”事件之后，从此家里的鲜花和绿植也消失无踪，这也是反对派不满的理由。这一事件发生在猫进家一个多月时，电视机旁，插花瓶中，几株新买的百合花清新娇艳，胖子、花卷偶尔过去嗅嗅，我还用手机拍了照。直到花卷去喝瓶子里的水时，我才去制止。当天晚上，他俩就开始上吐下泻。慌乱中上网搜索，才知道百合花对于猫来说是剧毒，哪怕喝了点浸泡了百合花的水也不行。

这是我第一次意识到，自己与这两只平时可以不用怎么刻意照顾的小动物，产生了更深的内在情感联系。带他们去看医生，输液，清理呕吐物，喂水，晚上的时候，和他们一起睡在书房里。头两天，他们很虚弱，也罕见地表现出对人类的求助与依赖，平时不让抱的胖子、花卷，会在我胸口窝成一团睡去，在午夜的时候，胖子会用额头顶顶我的脸，据说，那是猫类在测试他们的人类朋友是不是还在呼吸、活着。

如果不是这次疾病，我根本无法意识到，人与猫的情感，是不可以简单地归类于人与动物、主人与宠物这一范畴的。他们的患病，让我想起女儿两岁多时感冒发烧，我彻夜抱着她用毛巾给她物理降温的情形，女儿和猫生病，所引起的焦虑，在我内心并无二致。焦虑当中，包含着某种说不清道不明的不安与生气，但又明确地知道，这样的情绪需要被克制。很快，在内心的搏斗中，最终是某种温柔占了上风，这种温柔，主要是由忍耐、怜悯和保护欲构成，它很快成为我中年性格的一部分。

如果说我内心最后的那一块长满暴烈、愤怒种子的“土地”最终瓦解并消失无踪，我觉得，那是胖子、花卷的缘故。

4

温柔的人，会慌乱，也会坚定。在“中毒事件”过后长达两年的时间里，胖子、花卷再未出现过任何“事故”，胖子由一只帅气的小猫长成了肥嘟嘟的大胖子，花卷也由胆小鬼变成了在家里“跑酷”的调皮鬼。

为他们产生慌乱，是在他们不到一岁的某个周末，家里来了几位朋友做客，有人开关了几次门到外面抽烟，午餐的时候，忽然不见了胖子、花卷的身影。起初以为他们怕生人躲了起来，但先是女儿寻找不到他们的踪迹，声音里带了哭腔，后是我拿出猫条无论在手心怎么拍打，都不见他们跳出来，最后得到的结论是，可能在有人开门出去抽烟的时候，这俩趁机溜出去了。

在饭桌上，我开玩笑，说刚好，这俩调皮鬼太麻烦，跑掉就跑掉了吧。说完之后，心里一沉，脸色就变了，然后把朋友们扔到一边，手里拿了两根猫条，出门去找猫。

之前看到有人说，居住在楼里的猫丢了，要顺着楼梯台阶向上找，因为猫是喜欢往上走动的动物，他们最爱上楼顶了。先去楼顶找，没找到，又顺着步行梯，向下找，三十二层高的楼梯，向下找到地下车库，又向上找到楼顶，反复两次，腿都爬软了，喊猫的名字，嗓子快喊哑了，但就是不见他俩的踪迹。无奈回家，朋友们见势不妙，纷纷告辞。

我躲进书房里，独自生闷气。大约半个小时后，胖子、花卷神奇地出现在了客厅里。后来经分析，大家一致认为，他们是躲在了卫生间马桶底座的洞里，那么小的一个地方，他俩是怎么把自己塞进去的？看到他俩在客厅里没事人一样晃悠，我又疲倦又无奈地对他俩说了一句，好歹你们也喵一声呀。

而让我产生坚定感的，则是另外一个事情。事情不大，其实不值得一说。记得也是一个周末，请朋友来家里吃饭，喝酒聊天，聊到猫的问题，他说，养这玩意干吗，然后一连串地表示不满。我说，请注意你的言辞，这是你在我家，不是我在你家。这顿饭结束之后，我把这位朋友的微信拉黑了。不是中年人的友情有多脆弱，这是价值观冲突，唯有先拉黑而后快。

5

2020年上半年，疫情最为严重的时候，几乎有半年时间，没怎么出门，有三四个月的时间，更是如同被“封印”在小区里一般。哥哥在房间里打游戏，妹妹上网课，爸爸在书房读书写作，妈妈在厨房忙碌做饭，一切像往常一样，但一切又仿佛在发生变化。

这种变化如同冬天的湖面，表面上结了一层薄冰，看上去光滑无比，但不知道什么时候，哪个地方会发生裂痕，那裂痕细小，尖锐，刺痛，像纸页被撕碎的声音，也像针尖落到水泥地面上跳起又跌落下来之后发出的声音。

我时常在房间里团团转，打开的书，一页也翻不下去，打开的文档，光标在闪烁，一个字也写不下去，想喊一嗓子，但觉得无缘由，莫名其妙，神经质，想笑，唇角展开了，却比苦笑还难看。

我站在阳台上往外眺望。不远处的高速公路，有时候几十分钟也不见有一辆车驶过。整个世界像静止了一样。有时我错觉这个世界对我关上了一道大门，整整一栋楼里，只有我们四口人还待在家里。哦，对，还有两只猫，六口。

胖子、花卷刚完成了身体的成长，他们分别在六七个月的时候做了绝育手术，永远地停留在了猫咪的纯真年代，吃饱喝足之后他们有过多的精力需要宣泄，在规划好路线之后，他们从阳台跃上沙发跳上柜子再跳下来冲进书房在我的沙发上打几个滚然后定住不动观察家长的反应，如果置之不理，那他们就加大跑酷力度恨不得能沿着氛围灯带跑上一圈，如果稍加呵斥，他们就会瞬间消失于视野，然后在另一个别人看不见他们的房间里再次闹成一团。

他们不知道这个世界发生了什么。

爸爸和妈妈已经背靠背睡了一个多月了。那一个多月他们几乎很少说话。冬天湖面上的薄冰在逐渐加厚，上面可以走人了，上面可以骑自行车了，上面可以开吉普车了。春天来了，夏天到了，在房间里的人仿佛不知道季节的变化。爸爸开始上网搜索抑郁症的状况，比如不喜欢听到突如其来的声音，不希望听到有人大声说话，心口沉闷，不再轻易感到开心……一个又一个对号画完之后，不禁背上出了冷汗。

改变从一个小茶桌的出现开始。打扫了阳台，找出来一个小茶桌擦干净放在阳台上，烧水，泡茶，盘腿在坐垫上，聊天，听音乐，胖子、花卷有时钻进茶桌底下睡觉，有时蹲成一模一样的姿态，观察窗外偶尔飞过的小鸟，激动得不能自已。

从网上买的玩具毛绒老鼠到了，和胖子、花卷玩抓老鼠的游戏，我扔，他们抓。胖子喜欢跃起于空中捕捉，花卷喜欢躲在高跟鞋的后面突然冲出来。一只毛绒老鼠，足够大家一起痛快地玩闹十五分钟。

我想起自己为什么费尽心思要把他俩带回家了。童年的时候，我养过一只狗，他是我忠实的伙伴，后来因为犯了一点错误，被残暴地吊死，那时我发誓不再养任何动物。但四十岁之后，这个想法逐渐改变，我想尝试三十多年始终不敢触碰的伤痛，我想通过重复童年的一件事情，来看看是否还有弥补的机会。在和胖子、花卷玩抓老鼠游戏的时候，那不是现在的我，那是七八岁时的我。

哥哥的房间，还是不允许胖子、花卷进入。但花卷似乎从未放弃用手勾开那道由竹编做成的挡门，偶尔会得逞，她卧在哥哥装衣服的箱子上，乖乖地一动不动，哥哥看到这种状况，总会无奈地叹一口气，我去抓她的时候，她瞪大着眼睛，整个身体贴紧箱子不愿意起身，仿佛在说，我不乱跑，我就老老实实待在这儿还不行吗。

哥哥和胖子的性格有点像，都是老实本分孩子。有天我走出书房，看见哥哥正在给胖子挠下巴，胖子舒展身体躺在地上，整个肚皮都露了出来。

妈妈和花卷的斗争，以花卷的驯服而结束。无论什么时候，只要妈妈拍拍沙发，说花卷过来，听到这个召唤，无论她在哪里，都会在一阵尖锐的爪子磨地的声音之后，迅速出现在妈妈的指定位置。妈妈会拍她的屁股，会问她，爱妈妈吗，花卷会说，爱。

她是什么时候学会说人类的语言的？不知道。她会说饿了，会说爱，对于猫来说，会说这两个字就足够了。

6

如果没有猫，真不知道这两年怎么熬过来。养猫的朋友，这样告诉我。我说，真是这样的。表面上看是我们抚养了他们，但实际上，他们给予我们的更多。

我吸尘、拖地（用蒸汽拖把）、洗碗、洗衣服、清理垃圾……一切忙好之后，看到胖子、花卷在清洁的地面上打滚，会有很高的成就感。

2021年的夏天，我们回了一趟老家，把胖子、花卷交给了哥哥一个人，他们在一起愉快地相处了半个月。哥哥其实也是一个喜欢宠物的人，只是他的喜欢比较含蓄，不会表达出来，但会真的把胖子、花卷当成弱小来照顾。

姐姐还是会为了花卷不让抱而生气。但胖子比较配合，被姐姐抱在沙发上看电视的时候，动也不敢动，只要一动，姐姐就会一把摁住他，他就只好乖乖地躺在姐姐怀里，只有爸爸路过的时候，胖子才会用眼神喊救命。我说，快放开胖子，胖子便开始挣扎，直到姐姐无奈地松手。

妈妈说，你出差不在家，俩熊孩子可老实了，从不胡闹，你一回来他俩就嗷嗷闹，狗仗人势，不，猫仗人势。

我把胖子、花卷叫过来，说，坐下，咱们开个小会，爸爸不在家的时候，一定要听妈妈的话，OK不OK?

胖子、花卷不知道怎么回答这个问题，遇到不懂的问题，他们转身就跑，屁股上没有坐腚筋（妈妈的山东话，意思是调皮不安分，坐不住）。妈妈说完这句话，就去忙自己的事情了。

这是胖子、花卷陪伴我们的第三个年头。

等待之刃

脚踝上的脚镯多么残酷，

骨髓渗进了铁锈！

生活：刀尖，爱人在上面

跳舞。

——她等待刀尖已经太久！

——茨维塔耶娃诗抄

1

在小镇开车晃悠，导航把我带到一个路边全是大排档饭馆的街道，费力地从一堆饭馆中寻找一家银行的营业网点。我要给女儿办一张可以捆绑在她学校饭卡上的新卡，学校指定了某家银行，所以家长就必须得跑一趟。但显然，导航把我带错了地方。

打电话给银行营业厅，想咨询一下正确的地址。那边接电话的人“喂”了一声，然后头就转向了别处。嘈杂的马路边上，听不清她在说些什么。我怀疑自己打错了电话，因为对方说话带着浓重的地方口音，不太像银行工作人员，倒像是在菜市场里经常听到的大妈讲价的声音。听筒里各种人声在喧闹。就要挂断电话的时候，忽然感觉她的头又转向了我，声音清晰了起来，她告诉我，想要找到对的营业地点，需要导航搜索一个关键词，然后她说了一家商业广场的名字。

十来分钟后，把车停在了这家商业广场的停车场。推开银行营业厅的门，方才听筒中通过数字形式传递的声音，一下子有了现场感。音量放大了五倍左右，听筒里单调、枯燥的单声道，变成了立体声，轰然扑面而来——像是一个很有力气、胸膛很宽阔、冒着热腾腾气息的人，给了你一个熊抱一样。

营业厅里有二十来个人，每个人手里都捏着一张纸条。很快我就晓得了纸条上面写的是什么内容，那是四道填空题，分别是单位名称、年收入、详细住址、手机号码。保安递给我一支圆珠笔，带着些不由分说的意味。我身不由已地做完了四道题，然后被分配到一排皮革长沙发的角落，继续旁观身边正在发生的事情。

有两个柜台，其中的一个柜台玻璃后面，放置了一块“暂停办公”的钢制立牌，只有一个柜台在营业。一个过号的顾客，死死地坐在柜台前吱扭作响的转椅上，不肯下来，她旁边，是一个刚被叫到号的顾客——她俩为究竟谁先办业务，发生了争执。我电话里听到的喧闹，就是以她俩为源头发出的。

小镇上这样的争执，每小时要发生几十起，这没啥，让人诧异的是，这场排号之争没有速战速决，竟然持续了十多分钟，也

就是说，在我开车前来的十多分钟里，银行等候厅里的柜员、服务人员、保安，还有二十多位顾客，都在眼睁睁地看着两个人在吵架：一个人指责另一个人插队，另一个人则申辩本来就该是自己——这样的情况，在几十公里外的一线城市，不太可能发生，或许，这就是小镇生活特色吧。

柜台后面的柜员，愣着神，头也不抬，盯着自己的指甲，并不时地把转椅转向与她相邻的同事那里，闲聊几句。这时保安提议："可不可以让这两位都插一下队？不然这样没完没了的话，大家都耽误时间，大家同不同意？"保安用视线巡视着二十多位顾客的面孔，再次重复了一遍："同不同意？""同意！"大家齐声答道。话音落后，我也恶作剧地补了句只有我自己才能听到的两个字："同意……"

不再争论究竟谁插队的两名顾客，安静了下来。等待着的那位，胳膊肘子架在柜台上，半个身子留在只有两个人的"队伍"里，饶有兴趣地观察柜员慢条斯理地干活。正在被接待的顾客，开始对柜员展开了连珠炮般的抱怨："办个银行卡，为什么非要工作单位？我没单位还不给办了？年收入多少，关你们什么事？你们这效率也太慢了，办一张卡，居然要十几分钟，现在都什么年代了，数字时代！有身份证，签个名，哪还需要乱七八糟手写填这么多，要不是为了孩子，谁来你们这办这破卡，你们银行和学校有什么交易吧，别觉得我办完卡了就不会投诉你们……"

这名顾客的言语，在其他顾客那里引起了共鸣，大家要么公开抨击，要么窃窃私语，不大的营业厅，仿佛要被高高低低的声音掀翻屋顶。我向那个貌似领班的人展示了一下排号条，问：

“大约什么时候能排到？”她计算了几秒钟，说：“两三小时左右吧。”我说：“好。”把背放松地靠在沙发背上，抬起手腕，智能运动手表自动亮屏，找到那个“压力监测”的数据栏，看了下数字，是“25”，属于“压力很低”的范畴。

“那我慢慢等吧。”我微笑着对领班说。领班报之以微笑：“要是不着急，您就慢慢等。”我说：“那我得先去车里找本书。”

2

我把视线从书页那里收了回来，抬头去看机场航显屏滚动的文字，有些是红的，有些是绿的，无论屏幕有多大，在上面寻找信息的时候，总是要费很大的工夫。与此形成鲜明对比的是，书页里总会有几个词，像被放大器突然放大一般跃入眼帘。

这是计划中深秋的一次航行，许久之前就定下了航班，但到了飞行这天，天空阴云密布，针对不能起飞的疑问，机场给出的答案是，降落地天气异常，不具备安全降落条件。至于如何异常，没有准确的描述。这是一件很神奇的事情，千里之外彼地的天气，决定了此地此时人们的行踪和情绪，这在古代不可能发生，他们打算上路的时候，只需要抬头望望天，天空反馈给他们一个指示：可以出门。于是他们便推门上路了，至于目的地如何，那不是他们所能左右的。

清晨八点到了机场。本来九点到，时间也是宽裕的，但至少提前一小时到机场，已经成了习惯，有时候，还会提前两到三个小时。在机场等候飞机从远方飞来，是个美妙的过程，你不知道飞机从何地飞来，何时降落，降落在机场的哪个位置，你不知道有没有摆渡车，匀速地开到停机位上，把机舱里吐出来的人们，一个一个地接走，然后有人开始给飞机加油，打扫清理机舱。当然如果想要得到这些信息，并不难，打开手机操作几下软件，就知晓了，但我觉得知晓这些信息并没意义，它们只会让人把更多的心思放在手机屏幕上，还有不停地向停机坪张望。

第一次通知飞机晚点的时候，人群是沉默的，没有人抬起头来，大家用耳朵听着，觉得这再正常不过，所以这个时候没法判断出，究竟哪些人与你同一班飞机。不过，等到晚点信息第二次从广播里不紧不慢地传出来的时候，那些纷纷站起身，走向检票口查看小型航显屏的人，四处寻找工作人员的人，大约就是与你“千年修得同机飞”的人。

机场庞大而深邃，每个人都拥有自己的通道，工作人员的通道不知道藏在哪里，当他们该出现的时候，就会出现了。比如第三次通知晚点的时候，他们就会用小推车推着一些瓶装水、小面包，一边查验机票一边发放水和食物，并耐心地、小声地向乘客解释着一些什么。这个时候人群已经开始躁动，有的VIP乘客开始发脾气，多数乘客都开始走动起来，去洗手间，去超市或咖啡馆、购物店。

买了一杯咖啡，继续看书，心如止水。在内心的水面表层，有一些涟漪，悄悄地穿透这层涟漪，会惊讶地觉得，有些欢欣的意味在波动——等待被延长了，且延长幅度未知，这样不可控的变化，是一件挺值得期待的事情。一个人走进深山，他想成为一名僧人，在去往寺庙的路上，他不知道在最后一刻是否仍然会坚持剃度，剃度之后，也不知道在寺庙里要待多久，一个月？几年？一生？但他走在这条路上，洒满碎石子的山路，就是他此刻的命运，他不断分辨着自己的心情，以确定自己要不要继续往山上走，如果得到的反馈是清晰的，就继续走，如果相反，也可以转身下山。想到这样的场景，不禁恍惚了。

等待时间中读的书，变得比平常好看。一本打开的书，像酷暑中的一口井，井口散发着清冷却诱惑人的凉气，也像是一层单薄的竹林，绕到竹林后面，再透过竹影往外观看，就觉得是身处两个不同的世界。每个人都该拥有两个世界，两个世界要挨得很近，一边是火热，另一边就该是清凉，一边是喧闹，一边就该是宁静，两边的区分标记，可以是一层纱帘，也可以是一面纱网，总而言之该是很轻的东西，一撩便可穿越。可百分之九十的人失去了第二个世界，所有的重量都倾斜于那唯一的空间，太重，太拥挤，太堵塞。

恢复另一个世界的做法有两个必然的步骤，一是把自己置身于陌生的场景当中，就像电影《盗梦空间》所表现的那样。任何一个场景的转化，都有可能帮你创造出另外一个世界——就像把桌子上的苹果强行拿走一样，有时候，人也要把自己从某个常在的场景中拿走，苹果走进榨汁机，就变成了它自己所不认识的苹果汁，人离开了让其困扰的生活切面，也会好奇地重新打量自己；其二就是去感受时间的存在，不断测量时间的长度、宽度、厚度，有可能的话，还可以品尝时间的味道，拽住时间的衣角，和时间进行一下交谈，想要实现这个想法并不困难，只需要耐心地、被动地做一件事就可以了——等待。等待赐予人万般感受。

下午五点，一架飞机的啸鸣声在机场阔大的屋顶渐远。每架飞机都会发出这样的啸鸣声，但总有一架会让你觉得与已相关。当意识到属于我的那架航班，已经在离我几千米的高空之后，我知道了等待的另一个结局有可能是错过，于是把书放进了随身的背包，顺手从里面拿出了车钥匙，带点惆怅又带着点喜悦，从停车场里取出车，开车回家了。

3

女儿在家里等我。我在楼下按可视对讲门铃，多数都是她踮脚帮我开门。门被打开的瞬间，会听到她的欢呼："爸爸回来啦！"——这还是她上幼儿园的时候养成的习惯。每次回家，她都会翻我的口袋，翻我的包，寻找带给她的礼物，一年三百六十五天，很少有落下的那天。这使得我那段时间，错觉自己像一名猎手，每当出差或下班回家，总会提醒自己在路上"捕获个猎物"带给她。万一要是忘了，就在车里四处翻箱倒柜，看看是否能翻出一小袋或者一两颗糖果，快餐店送的玩具也行，带回家一样有效。收到礼物是她每天的开心时刻，也是她等待的理由。一个父亲，总是避免不了成为一名无法摆脱的"被勒索者"，这会是他一生最珍贵的回忆。

小孩子在上小学前后，要打许多次疫苗，接种疫苗的记录，被登记在一个绿色小本子上。每到周四固定的儿童疫苗注射日，镇上的预防接种中心就挤满了人，拿了排号条之后是漫长的等待。五六岁的女儿因为早起，没一会儿就困了，忘记了将要打针的恐惧，在我怀里睡着了，下巴搁在我的肩头，平稳又热烘烘的呼吸表明她睡得很香。因为双手要抱着她，没法看手机，也没法看书，视线所及范围之内，只有重复播放的动画片可以看，但一点儿也没有着急、浮躁的感觉，连耳边人群喧闹的声音，也仿佛被隔在一层薄薄的静音墙之外。跟随着队伍缓慢向前移动的时候，有时候会恍然觉得，身处宇宙黑洞中，作为大一点的星子，携带着一颗小一点的星子，在沉默的星群中，有规律地旋转。

女儿是个安静的小孩儿。三个多月的时候，抱着她四处逛街，三四岁的时候，带她驾车长途旅行，五六岁的时候，一起出国去玩，无论在什么样情况下，她从未哭闹过哪怕一次。她也很少坚持什么，一个要求如果被大人驳回，她就会回复以“好吧”两个字，记得有一次在长城附近的一个景点坐缆车，一个往返之后，她希望再坐一次，几次商量未妥，只能告诉她：“坐一次缆车，需要排队很长时间，你有耐心吗？”她用力地点点头，结果，等到排队再次坐上缆车之前，她睡着了。

我在三十四岁那年等来了她。三十四岁就成了我的一个人生分水岭。以前我不肯相信，一个成年人，会被一个襁褓中的婴儿所改变，但后来慢慢觉得，小孩的成长过程，似乎伴随着一种魔力，这种魔力斧劈刀砍式地改变你，水滴石穿地影响你，无所不在地塑造你。孩子是一面镜子，他们会折射出大人最真实的样子，在这面镜子面前，可以看见自己的急躁、鲁莽、飘忽等。一名父亲，希望孩子能成为什么样的人，那么他自己就首先要去做一个什么样的人。我的口头禅是“没事”，于是她的嘴边话便是

“没事儿”，我常用的叮嘱是“别着急啊”，她的回复通常是“我才不急呢”。

小学长达六年的时间里，多数时候是我接她放学。为了避免路上堵车，我总是会提前十几分钟或者半个小时到达学校门口。没有什么比等待小孩放学的这段时光更悠闲了，那一会儿自己的唯一身份是一名父亲，手头正在做的事，心里正在想的事，在并不宽敞的学校门前，都烟消云散。各个班级的孩子们，排着队逐一出来，我寻找着她，她寻找着我，看见的瞬间便一起举手，这是接上头了的意思。在迅速望向老师得到同意之后，她会快速地向校门口跑来。有时候我会躲在别的个子大的家长身后，和她玩一下躲猫猫的游戏，她觉得在同学们面前有点丢脸，坚决要求下不为例。

但这没法纠正我，我还是偶尔会躲一下，等放学，不能是白等的，是要皮一下，才能更期待下一次的接头。

4

在冲洗鞋子上的泥巴的时候，左手大拇指指缝间扎进了一根刺。很细很细的一根刺，肉眼看不见，把手指肚捏紧了送到台灯底下看，找不到丝毫踪迹，打开手机手电筒，近距离观察，依然难觅倩影。

鞋底的泥巴自山上来，所以那根刺或许是松针的“针尖”，或许是野蒺藜枯萎后散落的尖刺。这根刺本来跟我没有任何联系，它本来应该是在泥土中缓慢地腐烂、消失，但兜头而来的一只脚，踩中了它，并把它带回到几十公里外的小镇上，它进了一个人的家，深藏在一只鞋子底部的沟壑里，本来如果对它不加任何理会的话，说不定哪天它会随着鞋子一起被扔进垃圾桶，或者在这个人行走的时候被甩掉在柏油路上。但这个人突然心血来潮，想要把这双鞋子清理干净，于是它有了与一个人发生血肉联系的机会。

疼。洗脸，敲打键盘，端碗盛饭……任何需要使用到左手大拇指的动作，这根刺都会利用痛感提醒我它的存在。只要不触碰到它，就不会有任何疼意。在很短的时间里，我学会了把左手大拇指打入冷宫的技巧，尽可能地避免使用它，慢慢发现，没有那根大拇指的参与，基本上也不耽误什么事情。

不知道那根刺什么时候会消失，只能慢慢等待。闲得无聊的时候我端详自己的手指，试图让视线穿透皮肤，在茫茫的皮肉组织当中寻找那根刺。刺，进入人的肉体，属性不会改变，它仍然是植物最小的构成部分，虽然不是种子，但植物的基因，或许还在提醒它寻找潮湿的森林，人的身体也是一座森林，却如此排外，与一根刺格格不入。这是植物基因与动物基因的一场战争，敌我实力悬殊如此巨大，敌人甚至连单兵作战也算不上，但搅动全局，让“司令部”也头疼不已。

第七天，我停止了谈判。在此前的七天谈判中，刺拒绝被发现，被挑出。它不投降，我就只能妥协。但谈判也只是形式主义，不能借助任何带有好处的条款诱惑它投降，谈判的结果是双方达成一致意见，就是把这段疼痛的交集，交给公正的时间来判决，疼多久，消失不消失，全凭时间的态度，让最终的答案水落石出。

第十四天。这些天当中，我时而想到那根刺的下落，胡思乱想，它会不会四分五裂，变成更细小的武器，潜伏得更深，并且伺机进入血液管道，在血管这条大河里玩花样游泳，它们会不会商量好在某个关键部位——比如心脏的某处集合。当然，我军不会轻易让它得逞，狙击部队自然会随时出动，期望我军先锋部队能够第一时间就以绝对优势将其歼灭，让大本营高枕无忧。

带着这样的必胜信心，有了更多等待的耐心。在等待的过程里，我发现等待是把塑形刀，这把刀在我的身体之外，搞不清楚它是近在方圆几米之内，还是远在不可琢磨之地。一根细微到不值一提的刺，只是在改造着我的动作与情绪，而那把塑形刀如同空气一样，在对我的整体进行刻画、调整、抽取、填补。与刺不同的是，那把塑形刀不会带来身体的痛感，却会给人制造无形而巨大的压力，它仿佛提供了一个深邃的通道，呼唤我走进去。一段时间之后，它会宣布改造结束、塑形完毕。

我拒绝它把我塑造成自己讨厌的模样，于是不断呼唤着二三十年前的自己从时光隧道中回来，由外至内地保护我。可每当我这么做的时候，就能听到身上的铠甲被刀砍斧凿的声音。这也是一场不分胜负、没有结局的战争。那根刺，只是一个小小的插曲。

第十五天。那根刺消失了。我用力按压大拇指指缝间曾经疼痛的部分，发现已经毫无痛感。不知道那根刺去了哪里，最大的可能是，它已经成为我身体的一部分。没关系，这个身体里还埋藏着诸多的箭簇、诸多的刀鞘、诸多的弹壳，它们被堆积在某个角落当中，逐渐锈蚀，并终将消失。

北方的秋天到了。有一天我迎着大风，走到一座大桥上，桥上没有车，空空荡荡。我捡起了一粒石子，将它远远地扔到了桥下。石子在风中划出一道看不见的弧线，无声地落在了不知道已经干涸了多少年的河滩上。那里有无数的石子，面对从天而降的“同胞”，它们视若无睹。扔完这颗石子，我就离开大桥回家了，我改变了那粒石子的命运，从此它将在一个曾经河流汹涌的地方，等待清晨与日暮，等待沧海桑田，与我在不远处一栋高楼的房间里，所面对的未来，一模一样。

云端的房间

1

我在阳台上，往远处的高速公路眺望，时间是下午两点，外面光线充足，只是没法更好地照进房间深处，房间里有些暗，即便灯全开着，也没法把房间照得一片雪白。走神的片刻，隐约听到背后发出一声虽轻微却沉闷的声音：“呜……”声调由中音降至低音，灯光眨了眨眼，快速而勉力，背后的暗在加深，如同暮色与夜色进行了一次交接。停电了。

那声“呜……”的声音，似曾相识。我在工厂上班的时候，遇到停电，这种声音就会从大型机器的内部传来，机器如果有心脏的话，那声“呜……”就是心脏最后的闭合。随着这个声音的消失，整个工厂会安静下来，只能听得见工人用扳手敲打钢管发出来的清脆声。家不同于工厂，每次停电，也会有这样的声音发出，挺奇怪的，家里最大型的机器，也不过是那台双开门的冰箱，不至于。

不，这不是某台机器的心脏发出的声音，而是所有机器在一个瞬间，发出的共鸣或者叹息。我在后台统计过，家中仅仅与路由器联网的电器，就多达二十六台，再加上落伍的、不能联网的那几台，计有三十余台大小电器在各个房间里运转。正常的时候，处于工作状态的，按照规律有条不紊地进行，暂时休息的，也时隔几秒就向路由器——整个家庭电器共用的“大脑”发送数据，证实自己处于待命状态。但停电终止了这一切，它们在觉察到电力消失的那一瞬间，集体发出了一声惊叹，就像我们人类突然看到一只老虎从丛林中蹿出来一样。

电老虎，这个说法，早就有之，通常是用来形容电的危险。在城市水泥丛林里，每个家庭当中，都圈养着一只电老虎，它是蓝色的，无形的，精力旺盛的，它深藏于墙壁内的管线里，呼吸、巡逻、奔跑、嘶吼、睡眠……然而，有一天它听到了撤退的号角从遥远处传来，它必须服从命令，立刻离开，丝毫不得犹豫、滞留，它迅即起身、转身，不进行任何思考，从高高的楼层一跃而下，瞬间无影无踪。

我依然背靠着房间，甚至视线都没有从高速公路上收回来，路上的车，依然在有条不紊地奔跑着，打转向，鸣笛，超车，各行其道，那里仿佛是一个超现实的世界，而我恍惚间，竟觉不出自己是在现实还是虚拟世界里。我体会、分辨、觉察、判断，显得那么从容不迫、波澜不惊，一场小小的停电事件而已，不会带来任何影响，毕竟电力进入并干预人类的生活，到现在才满二百年，在我的生活经验里，脱离用电匮乏的时代，也才二三十年。

我的电表里，储存着足够多的电，如同一个饥饿过的人，总是身不由己地喜爱储存粮食一样，每个月当中，总有那么几次，会打开电表箱看看里面的剩余数字，像一个农民打开他的粮仓，看看里面还剩下多少玉米、大豆、瓜干……每次去物业买电的时候，总忍不住要问，可不可以多买一些？但每次购电是有上限数字的，让人怀疑，他们要么囤积居奇，要么别有目的。

在思绪持续驰骋了几分钟之后，理性告诉我，要去对家庭供电体系，进行一次个人力所能及的检查。转过身，去查看了位于入门走廊处的家庭内部电闸箱，箱子里安安静静，大大小小每一个电闸开关，都老老实实地待在原位。打开门，走道上的公用照明灯，全部熄灭了，电梯的升降指示灯也都暗着，不知道卡停在第几层。有被困在电梯里的邻居，正气急败坏地给物业打电话求救。无须去检查电表了，这是一次属于整栋楼的停电。打开手机小区微信群看了一眼，其他楼栋也停电了，整个社区都处在无电状态。

虽然下午的阳光耀眼，但没有了电的楼群，仿佛瞬间萎靡，失去了活力，死气沉沉。

2

水也开始撤退。我说的是自来水管里的水，不是河流、湖泊、江海里的水。大自然中的水，是大部队，它们自然蒸发，需要较为缓慢的过程，是肉眼可见的，也能留给人足够多的准备时间。我在县城生活的时候，有一次家里停水，于是拿了大塑料桶，去离家不远处的一处小湖取水，把桶摁进湖水中，水便“咕咚咕咚”自己钻了进去，心里有一点点感激，为了这大自然的馈赠——大自然从来不向人类收费。

卫生间里，传来一阵阵“咕噜”声与“嘶嘶”啸叫声夹杂在一起的声音，失去了水压的水，残存部分正在从水龙头里撤退，管道里的空气，取代了水的存在。水也在向下跌落。作为液态的水，是属于地表的，它可以任意地流动，在河道、池塘等容器中，摆出任何恣意的形状。水不知道自己为何会被引进一个粗壮的管道中，经过漫长的旅行，被投放到一个硕大的蓄水池内，在经过二氧化氯、活性炭、絮凝剂等诸多净化手段之后，水列队等待着被压入另外一条条粗细不一的管道，当一股推力袭来，水被催促着再次迈上未知之旅。

抬起水龙头，清亮的水柱，有力地倾泻了下来。镀了铬的水龙头，在被用柔软的毛巾擦拭过之后，在灯光下闪烁着迷人的亮光，这亮光仿佛提升了水的清洁度，使得从黑暗的水管里流出来的水，在遇到亮光的瞬间，有了舞台上亮相的效果——那是水龙头内部的起泡器在起作用，每一滴水，都在努力跃出的那刻，尽可能地让自己膨胀起来，跳跃起来，属于那滴水的演出机会，只有那么几个毫秒的时间，等落到陶瓷面盆里，来不及多作停留，就会坠入无边的黑暗，不知流向何处。

我用两只手掬起水，让水在掌心形成一汪，这汪水扑到脸上，五官感觉了到水的温柔。脸上的皮肤是粗糙的，水是光滑的，这是一次恰到好处的相遇。据说人在专心洗脸的时候，会暂时地忘记所有的事情。猫也是。我觉得不仅如此，人在专注于清洁自己的时候，会有一种幸福感存在，会产生原谅这个世界的心理。这个世界太大了，灰尘也太多了，只要打开门，无论近走还是远足，都会风尘仆仆，而这个时候，只需要有一掬水、一汪水、一升水，就能让人回归洁净。这个世界，如果没有水，该如何是好。

洗澡的时候，头顶硕大的花洒，制造着小型瀑布的效果，自来水中的氯气，因为花洒的放大，而显得更浓重了一些，不过这算不得什么了，甚至这样的化学气体的味道，还能够带来一些安全感。人们站在温度适宜的水龙头下，任凭花洒喷出的水冲刷着身体，这是多么神奇的场景：如果撤掉高层楼房的玻璃幕墙，如果砖墙可以被透视，那么从外界看，就能发现一个赤身裸体的人，正站立在半空中，上上下下挥舞着湿漉漉的毛巾，像是外星人在跳舞。

作为一名北方人，不知道从哪一年开始，在春夏季，包括秋季的一些日子，像南方人那样，养成了一天洗澡两次的习惯。晚上睡前洗澡是正常的，为何早晨要洗澡？想来想去，可能是住在高楼，梦多，梦一多了，人的潜意识里，便埋藏了风尘仆仆，需要用清晨的水，将之清洗掉。

空闲的时候，我用最大号的那种纯净水桶，蓄了满满的一桶水，放在厨房门的后面，以备不时之需。有了这桶水，心里就不会慌，它就是属于我的湖，这样的话，即便停电停水，也不必出门去寻水，把这片“湖”搬出来用就好了。只是，每当有机会用这桶备用水的时候，就有一种紧张的感觉，这种紧张，不是短缺带来的，而是基因自带的，我遥想几千上万年前的祖先，当他们好不容易拥有一些清洁的水源后，想必也是这种紧张而珍惜的心态。

不仅人需要水，家里的猫，景观鱼缸里的小鱼，阳台上的小花小草小树，都需要饮用或灌溉，当然，它们都需要人的服务，人把水装在不同的容器里，搬运给那些小动物、小植物们，它们开心地、大口大口地喝水。每逢这样的时刻，我会想到，人可以在高楼上，建立自己的家庭，有孩子有动物有植物，形成一个小的生态，这一切，水的作用至关重要。要感谢那个发明了加压技术的人，水可以在地上，也可以在云上，但加压技术让水可以存在于天空与大地之间，每每想到一栋高楼大厦被无数根密集的供水管所包围的时候，总觉得那些水管，是这座水泥建筑物的“血管”。

3

住在楼房高层，停水不见得停电，但停电一定会停水。蓝色的电老虎跑了，丰盈的“血管”空了，楼房开始干瘪起来。没有电和水的楼房，是一堆瓦砾，生活在其中的人们，瞬间成为废墟上的遗民。没有水和电的房间，也失去了灵魂，人困在其中，成为砖瓦水泥的一部分。

对于城市文明来说，水与电是极其重要的组成部分，失去了水与电，城市文明便垮塌了很大一部分。为了节约土地、发展经济、便于管理，人类发明了城市，通过长年累月的经验积累，城市以提供一种保障作为吸引力，让无数近处远处的人不断向其靠拢。在走进城市的第一天，城市便与人们签订了一份没有文字的契约，城市提供无数规则，只要熟悉这些规则的大部分，人们便会从城市那里获得一种确定性，这种确定性包括：人们可以对延续生命、保证生活质量的必需品，有唾手可得的便利。

很难想象一座每平方米售价一万到十万不等的房子，会不提供水和电的服务，如果这样的房子在一年三百六十五天的时间里，不能保障三百六十天以上提供二十四小时不间断的水电供应，它们的价格会大打折扣，它们的高层房间，有可能免费提供也无人愿意居住。世界上最早的摩天大楼，是美国芝加哥的“家庭保险大楼”，它建于1885年，共十层，有四十二米高。到二十八年后，也就是1913年，纽约出现了一座“伍尔沃斯大厦”，共五十五层，高达二百三十米，成为当时世界上第一高的楼房。楼房长高的速度，一度比历史上其他事业进展的速度要快得多，大楼的门口，人们进进出出摩肩接踵，在一些人看来，大楼是一座座日夜不停吞吐着人类的“怪兽”，人们向往走进它的内部，对它有敬畏的同时，也不免产生恐惧。

1845年，时年二十八岁的亨利·戴维·梭罗，抛弃了在城市里的体面工作和丰厚报酬，来到了距离康科德城两英里处的瓦尔登湖，那个年代的城市，在生活方式方面已经出现了单一刻板的现象，出于内心深处对“城市腐朽生活方式”的排斥，梭罗选择在瓦尔登湖隐居，他在那里建造了自己的房屋，居住了两年，并写出了经典名作《瓦尔登湖》。

是的，我在这个秋天开始重读《瓦尔登湖》。当我的房间失去水电的那一刻，我刚刚把手头这本读到一半的书放在凳子上，眺望远方休息眼睛。那一刻，我的精神世界，一半被居所面临的麻烦分走，一半还在梭罗居住的环境中神游——在这一部分里，我承认我被梭罗所描述的一切深深地吸引，在阅读这本书的过程里，已经不知不觉成为他的邻居或朋友，梭罗并非一个不喜欢社交的人，他只是对社交没有那么大的热情而已，即便陌生如我，在那个时代如果敲门而入（他的家从来不上门锁），他在家的话，大概率也会请我喝上一杯，如果他不在家，你也可以随意在此休息一会儿，找点吃的喝的都没问题，只要不拿走他的书就好。梭罗在《瓦尔登湖》里极少记录他生气的时刻，其中之一便是有不速之客在他不在家的时候，拿走了他的一本书。

梭罗所建的房子，是木结构的，房屋的大梁，是愿意给他提供帮助的村民免费送他的，房屋所需要的门窗，是购买来的拆旧品，简单的几样家具，要么是自己动手做的，要么是从村庄堆砌废品的杂物间里免费取得的。在忙碌了一段时间后，梭罗列出了建造这所房屋的费用，一共花费了28.125美元。房屋廉价，但他却爱极，天气好的时候，他会把家具都搬到屋外的草地上，请它们晒晒太阳，他则仔细地拖地板，把房间打扫得一尘不染，这打破了以前我总认为这样的木屋不适宜居住的想法，事实上，梭罗对于它的舒适度非常满意，如果在打扫干净之后，再在花瓶上放上一束采来的野花的话，那就不能用满意来形容，而应该是极大的幸福了。

这所房屋没有给梭罗带来任何局促的感觉，反而让他觉得彻底得到了解放。梭罗说，住在这样的房间里，每年他只需要工作六周，便可以满足基本生存需求，剩下的时间，他愿意做什么就做什么。看到这里，我忽然想到了自己的房贷还没有还完，每个月要在某个固定的日子，把一笔不算多但也绝对不算少的款项，付到银行提供的账号里，莫名地就产生了些荒诞感——究竟是城市编造的罗网太美丽，还是我不知不觉心甘情愿进入了这张罗网呢？

梭罗对瓦尔登湖的描写很美，美到不必引用其中的语句，单是遐想一下，也能被打动——他成功地把那片湖放置到了读者的脑海里。有一个细节可以证实瓦尔登湖的水，干净清澈到什么地步，有一次梭罗拿斧头去凿冬天湖面的冰，不小心斧头掉了下去，他能清晰地看到斧头的头部戳入湖底，而斧柄则朝向他树立着，于是他找了一根绳索，打了一个扣，挂在斧柄的某处，将斧头打捞了上来——整个过程大概如此。我读到这一细节的时候，觉得迷人极了，一把斧子从冬天凛冽的湖水中跃然而出，这是多么超乎想象的画面。此外，瓦尔登湖在梭罗笔下，仿佛一颗巨大的水滴，它映照着星空，自然也映照着他居住的房屋，从远到近，瓦尔登湖都关照着万物，能在瓦尔登湖边有一个住所，这简直是天赐之礼。

想想梭罗的房间，再看看自己的房间，我不禁无声地做了几下深呼吸，但没有叹气。我没有叹气的理由。绝大多数住在高耸入云的楼房里的人，都没有叹气的理由，因为在过去某个时间段，可以住到这样的房间里，是一种梦想和追求。高楼大厦作为城市的象征，伫立在大地上，是一个隐喻，它象征着得到与拥有，预示着存在与征服，当然也包含着失去与失落。当人们站立在拥挤的电梯里，向着天空的方向迅疾地上升的时候，心里难免产生过一些矛盾、复杂的想法，比如觉得生活逼仄、逃无可逃，这一想法是危险的，它会催促你走到更开阔的地方去，去乡村，去田野，去江河湖海，去哪儿都行，只要能够离开。人们不停地挥发着自己浪漫的想象，然后在电梯“叮”的一声停顿开门之后，再一头扎进房间里，几个甚至几十个小时不出来。

外出旅行的时候，无论在哪里，只要遇到一处孤独的、破败的房屋，总忍不住多看几眼，潜意识里，会产生想要进去收拾一下、在此居住的愿望——这肯定不是真实的想法，它产生自何处，诱因是什么，一时半会尚且搞不清楚。许多铁板一样的现实，已经将人的脚步牢牢地按在某处，人之所以渴望旅行，只不过是为了在有退路的前提下，进行一场安全的冒险，而那些孤独的房屋，是这冒险的一部分，完全没有办法转化成现实生活的一部分。

就像许多人读梭罗，喜欢梭罗，但一定不会成为梭罗一样。

4

据说在世界上最高的那几座摩天大厦的顶端，打开窗户是可以摸到云的。岂止是可以摸到，网上有视频记录了云雾在几秒钟内将大厦八九十层楼吞没的壮观景象。我相信这么高的一个层数，仅适合商业经营，开个餐厅之类，并不适合居住。

我住的楼层虽然高，但距离可以摸到云朵，还差得远。只是偶尔天空很低的时候，推开顶楼的安全门，站在楼顶上，的确能感觉到苍穹带来的压力。楼顶的每个角落，都安装有夜晚会闪烁着红灯的线状物，有人说是避雷针，有人说是给天上的飞机提供一个楼栋的轮廓参考，避免飞机飞得太低，发生剐蹭。这些线状物给人以一种神秘之感，它们仿佛是楼栋的触须，不知道它们伸向深邃的天空，每日每夜在发送着什么信息，如果楼栋自身可以是个生命体，那么或可猜测，它们在尝试与遥远的未知事物进行着某种联络。

不知道住在高楼层上，是否会让一个人胡思乱想的程度变强，反正随着年龄的增加，我开始日渐怀疑居住在高楼上的房间中的意义，我抱着猫打算去楼下让它去刨刨土、散散步、嗅一下那些扎根于土地上的花花草草，但是打开猫包把它放在地上的时候，它已经紧张得瑟瑟发抖，几乎肚皮贴地，不敢行走。猫已经与我在高楼之上生活了四年时间，它已经适应了上百米高的楼层生活，反而对“接地气”产生了恐惧，每每在小区院子里，遇到那些恣意在灌木丛中奔跑玩耍的流浪猫，总是会为被关在家里的宠物猫心酸，但事已至此，又能如何？

在无法出门的日子，在阳台那块并不大的空间里，每每安静超过几分钟，思绪就会坠入神游的状态：我开始反思年轻时一些幼稚的想法，想起过去跑得太快时摔的一些跟头，后悔有好几次无知地站在高楼的边缘去体会那瞬间的晕眩，茫然于自己的失去，也困惑于自己的拥有，不确定内心哪片是丰饶之地，哪片散落着一些空洞……当然，哪怕居住在闹市区的平房，或者郊区里的森林小屋，也避免不了产生这些随意的思与想，高楼的存在，并不会让这些想法产生什么哲学性，高楼或许只有一个作用，就是会使人对自己不自觉地产生更多一些的垂怜，这种垂怜如果没有一些自恋加以中和的话，很容易发展成一种悲伤。

是不是居住的楼层越高，邻里关系会愈加疏离？我们与邻居分享着同一部电梯，分享着同一面墙壁，抽油烟机顺着同一个烟道排气，我们都有一个处在学龄期的孩子，家里的猫品种或许还是一样的，早餐之后习惯冲一杯咖啡，中午点一份外卖，晚餐的时候习惯打开电视机——这台机器已经固执地霸占客厅中心位置几十年，在熬过午夜打算入睡的时候，听到头顶有飞机飞过，飞机抛下的呼啸声音，得需要用枕头堵住耳朵才能过滤掉大部分……这符合城市人云端生活的标准模式，我们如此相似，却在空闲时间很少想到邻人的生活，对于自身的关注，已经让我们应接不暇，很难再分出一些注意力去给别人。

云开始下雨的时候，雨滴滑过高层楼房的玻璃幕墙，站在窗边很轻松可以看到一滴雨的坠落过程，那个时候会有种错觉，这所云端的房间的钢筋结构开始变软，那些玻璃幕墙亦是如此，人被包裹其中，成为一颗较大的雨滴，只是这颗雨滴，始终处在泫然的状态，既不下坠，也不上升，对于这样的悬浮，有时候我们还会沉醉其中，把打算敞开的门，又亲自伸出手关上了。

这样云端的房间，我们会一直睡下去，睡到沧海桑田、时间变老。

深夜书店

1

有年春天，我出版了一本新书。作为一名书卖得并不怎么好的写作者，此前对于出书这件事情，已经意兴阑珊，直到上一年的秋天，在外出参加一项活动时乘坐的火车上，结识了我的出版经纪人小程，他打印出来一些我的文章的样章，某一次他独自乘火车无聊至极的时候读了几页，旋即决定要帮我把这本书出版出来。

小程是一名年轻人（其实我也不算老），说话声音轻而慢，并且容易脸红羞涩，他经常让我想起年轻时的自己，也是如此的脸皮薄，所以每当小程在表达一个观点的时候，我总是静静地等待他说完，并不插话。后来我们更为熟悉了一些，他告诉我他读过我的某一篇文章，觉得确实写得“催人泪下”，我不知道怎么回答才好，最后只说了一句，“其实也没那么好”。

出于对小程的好感，我一度打算把自己在北京工作、做电影推广的堂妹介绍给他当女朋友，有一天晚上我还把堂妹微信头像下载了下来，发给了小程，他收到后如我所想，礼貌地说了句“先谢谢哥了”，便再无其他回应，直到冬天时，我们在Z城的书店，深夜聊天，知道他的故事之后，才明白他为什么会婉拒。

那年几乎整整一年，我和小程都奔波在天空与大地上，或乘飞机，或坐火车，到各省的书店去做讲座，宣传那本经小程之手由一家出版社出版的新书。新书很薄，定价也低，所以卖得还算可以，小程打算通过这种接近于“电影路演”的方式，把书卖成畅销书，我也由开始的排斥，到慢慢地喜欢上了这样的旅行方式——到某地待上个两三天，在小程事先联系好的书店做上一两场活动，签售出去一些书，然后再奔向下一个城市。

除了飞机和火车，我和小程偶尔还自己开车到离北京不远的书店、读书会去做活动，在旅途中我和他天马行空无话不谈。有一次我们去了位于北京与河北交界处的一个大型社区，去那儿的社区书店做一场演讲，那场活动我情绪不高，到场的几十名读者大多是老年人，后来我才知道他们多是退休者，隐居在远郊的别墅无所事事，所以时常搞一些读书会之类的活动。我跟小程说，我们来这怎么搞得像唱堂会一样，以后这样的场合，最好不来了，小程的表情有些尴尬，我赶紧劝慰他说，也无所谓，他们不还是买了五十多本书吗？

就是这样，那一年的书店之旅，进展到Z城的时候，我和小程认识了一位书店老板，他的名字叫冯远。这一年前前后后认识了不少书店老板，但冯远留给我的印象最深刻，深刻到几年之后某个瞬间我还是能一下子想起他来，想起他开车带我们逛Z城，钻小巷子去只有当地人才能找到的饭铺吃小吃，他非常流利地用左手转动方向盘，右手在不断地接听电话、发微信，但他车开得很稳，仿佛与马路上的红绿灯建立有电波联系，每次他总是能恰到好处地在红灯亮起时把车刹在斑马线前。

2

冯远的书店在Z城的老城区中心，一座四层楼高的楼房，像是20世纪90年代的百货大楼。他的书店占据了大楼临街一角的第三、第四层，下面的两层，还保持着百货大楼的格局与气氛。书店名字的招牌是深绿色的，不张扬，隐进周边的环境里，但顺着旋转步行梯踏入第三层的时候，属于书店的那种独特气息便扑面而来。墙壁的两侧，挂着上百幅作家前来做讲座、举办读者见面会的图片。楼梯保持着原本的老水泥颜色，却被擦洗得锃亮，冯远说他最接受不了的事情之一，就是书店里有灰尘，因此在参观书店的时候，我特别留意了一下，果然无论是书架还是木地板上，都一尘不染。

我没想到，书店整整两层，只有第三层是营业的，第四层虽然也布置成书店的样子，但书架上放置的，都是冯远个人的收藏，包括数不胜数的作家签名本，各种书的珍贵版本，甚至不乏一些罕见的古籍。书架绕着房间摆放，高度直抵屋顶，一个洁白的木梯，有些孤独地摆放在角落里。房间的中间，安放了一个巨大的书桌，上面整齐地躺着一摞摞书以及文房四宝。房间的北端，有十几把舒适的椅子，看样子并不经常有人使用，冯远说，那是他招待朋友进行小型聚会时使用的场地。

从第三层通往第四层，不再是楼梯，而是一台精致的电梯，改造后的电梯隐藏在门后，不易被发现，只有冯远用磁卡刷过之后才可以使用。从只能接送三四个人的狭小电梯里出来，视线豁然开朗，如同不经意间闯入一片森林。房间里所有的窗户都关着，空调无声，空气清新。冯远推开一扇伪装成书架的门，里面是一个阁楼造型的空间，有一个帐篷，他说，这是他上高中的女儿的休息间。随后又打开另外一扇同样伪装成书架的门，那里面同样有一整套的旅行装备，他说，这是他午休的地方，那些旅行装备，可以在这里使用，也可以随时卷起带走，伴他去旅行。

在冯远的茶桌喝了一会儿茶之后，他看了看手表，说时间差不多了，到了讲座开始的时间。他用卡刷开电梯的门，下行到第三层的书店，电梯打开后，可以看见讲台上书店的员工作为主持人正在招呼读者，那里坐着三四十人的样子。我打算走过去，冯远伸手拦住了我，之后他的那个阻拦的动作一直保持着，一直到主持人读完我的介绍后，冯远才放下了手，示意我可以进场，我想，这真的是一位很认真也很追求仪式感的人。

3

两个小时的活动结束后，再见到冯远，他显得很开心、很满意的样子。活动刚开始时，他坐在读者席的最后一排，我注意到他的眼睛有光，但在听完开场白之后不一会儿，他就消失了，我想，他可能是回自己的“森林”休息去了。

冯远等着我给最后一本书签完名，他看了一下手表（他可真是一位有时间观念的人），说："到晚饭时间了，我们不出去吃，就在书店里简单对付一下吧。"这是一家神奇的书店，不仅可以住，还有厨房和餐厅，能够招呼人吃饭。在绕过长长几排书架后，冯远打开一扇门，进去之后发现是一间小型的单独书房，只不过书房里放了一张餐桌，餐桌上，已经摆放好了几盘冷菜。

我清楚地记得，那张餐桌铺了洁白的桌布，冯远悠闲地坐在主人位，时不时用手给餐具做排列，让酒杯、餐盘、筷子、勺子等，保持着西餐的摆放礼仪，尽管菜盘里装的是地道的地方菜。一度我觉得，他有随时会绕着桌子走过来帮我修正餐具摆放位置的嫌疑，所以我在举筷、收筷的时候，自觉地把它们也摆得整整齐齐，冯远对此感到满意，他看过来的眼光充满着柔和与喜悦。

晚餐时的冯远忙碌且有序，他忽而离开坐着的椅子，到不远处的书橱低柜处摸出一瓶白酒，忽而快步打开那扇略显沉重的餐厅门，把负责做饭的阿姨叫到门口，要求上热菜或者加菜，忽而想到一本书的珍本，用手指着让我们行注目礼，忽而又把喝了半瓶的白酒收起来，换上一瓶新的白酒，让我们品尝。他在忙碌这一切的时候，我同样回报以柔和而满意的目光——请不要误会，这是酒友间常见的交流方式，这仅意味着，这将是一场有意思的、谈性很浓的、让人不舍得散场的酒局。

我不确定冯远是否知道我的名字，但在活动开始之前，在他独享的大办公室里，当他从某处抱来一摞我过去出版的书时，我觉得，他还是对我有所耳闻的。这摞书中的其中两三本，是我不好意思面对，甚至想永远不要有人再读到的书，可感觉它们也不像是冯远专门去购买的，因为那几本书除了在网上二手书店，已经很难买到。冯远请我在这些书上签名钤印，并且表示要当成个人收藏品，不对外出售。我觉得他不是在说客套话。在我签名的时候，他离开过一会儿，到自己的座位上去喝水，但两口水没咽完，就又跑过来在边上看着我干活，好像是怕我偷懒，或者担心我写错别字。

我倒是挺熟悉冯远的名字，因为不仅小程多次和我说起过他，也有别的作家朋友告诉过我，说你去Z城，必须要见见冯远，去他的书店坐坐。次数多了，见见冯远，去他的书店坐坐，竟然成为一个不约而同的约定。不知道书店行业有没有江湖，如果有的话，他在这江湖上，应该拥有一个很潇洒的绰号。

4

晚上九点多的时候，有书店的店员过来打招呼，说要下班了，叮嘱老板走的时候别忘记锁门，冯远点点头，说："好。"等到店员离开之后，他忽然用带着点兴奋与神秘的口吻说："带你们参观一下晚上没有人的书店。"

打烊的书店，刚刚被关闭的灯，又一次全部亮了起来。夜晚的书店更像是一座殿堂，大的书店是大的殿堂，小的书店是小的殿堂，冯远的书店，不大不小。被夜色包裹的书店，灯火通明的时候，从外面看过来，像一枚琥珀，赏心悦目，而置身其中的时候，更会肃然起敬，情不自禁放轻脚步，像是怕惊扰了书架上的人们——是的，那一个个印在书脊上的名字，那些出现在《心之全蚀》《午夜巴黎》《天才捕手》《黄金时代》等电影里的名字，这一刻仿佛借着他们的书作为载体纷至沓来，等到白天的读者都散尽之后，聚集于书店里，展开他们的夜谈。

白天书店里播放的轻音乐，到夜晚的时候停止了，冯远说："晚上的书店，能听到窃窃私语的声音，如果播放音乐，会带来打扰。"他还说，他特别喜欢在打烊之后，一个人在书架间踱步，喜欢在这个书架边静立一会儿，喜欢在那个书架边凝视一会儿，他从不参与那些正在发生的"讨论"，只要能旁听一会儿，就是好的。书架在灯光下投下阴影，不知道从哪里钻进来的微风，吹拂过耳边，如同某人的气息，一本没有归位的书倒在书架上发出啪的一声响，无须害怕，那只不过是那本书向夜晚的读者打招呼的独特方式。

回到冯远的书店餐厅，我们的酒局在继续，小程提出了一个问题："为什么要开书店呢？"买书的人少了，纸张涨价，印书的成本高了，书店的房租又那么贵……冯远随口回答了一句："开书店的都是傻子。"我们对此回答深表赞同，并异口同声地说："写书的、出书的、卖书的，都是傻子。"冯远说："为了咱们这个傻子的聚会干杯。"喝掉一杯酒之后，冯远又说，"其实开书店，是为了认识和结交一些作家朋友，要不是开书店，你们会到这儿来吗？我们会坐在一起喝酒吗？"

我开玩笑说："作家有什么了不起，他们有那么重要吗？"冯远正色说："当然重要，开书店，还有认识你们，把我变成了另外一个人，如果不是有这家书店，有天南海北几百名作家来过这家书店，我的人生，可能就是另外一番样子了。"

5

冯远讲述了他的故事：20世纪90年代初，在还是大学生的时候，冯远就充分体现出出色的生意头脑，当别的学生还在为学费、生活费发愁的时候，他已经靠假期以及周末时间，积攒了自己的第一桶金，四年大学毕业，当同学们还在为第一次参加工作而感到兴奋新鲜的时候，他已经成了百万富翁。

在赚到第一个一万元的时候，冯远趁父母出门，用一百元面额的大钞，从客厅门后一直排到了父母的卧室门口，他想用这种方式证实自己的能力。然而当父亲打开门看到一路钞票时，却勃然大怒，一直期望冯远能像别的学生那样谋得一份公职的父亲，觉得儿子竟然“堕落至此”，争吵之下，父亲失控打了冯远几巴掌，这几巴掌把冯远打进了政府机关的办公大楼。

从最基层的办事员开始做起，短短几年时间，冯远成为市政府办公室的副秘书长，也是Z城有史以来最年轻的副秘书长，如果沿着这条仕途继续前行的话，冯远一定会成为让父亲倍感荣耀的儿子，但冯远在终于得到父亲的认同与肯定之后，忽然失去了工作上的上进心，下班后与朋友喝酒、去舞厅，周五下班后直接奔机场，坐飞机去三亚打高尔夫，在周日傍晚赶回，等周一的早晨，再换上一身正装去上班。

整个从青年到中年的时期，冯远一直过着“双重生活”，在工作上，他是一颗耀眼的新星，在家庭上，他有了门当户对的妻子与可爱的孩子，曾经的“叛逆”被他压在了自己的五指山下，超强的掌控能力，使得他的生活轨迹一直沿着正确的弧线在运转，但突然有一天，在家中的饭桌上，他产生了一个“荒唐”的想法，要离职，要出走，就像《月亮和六便士》中的思特里克兰德那样，他留下一封信，放弃了优渥的生活，成了一名“流浪汉”。

以Z城为原点，冯远不停奔向一个又一个远处，成为一名著名的驴友。但当有一次路过Z城一座高架桥下的面馆时，他再次决定扭转自己的生活状态。在这家面馆里，他遇见了自己上初中时喜欢的女同学，他发现自己仍然喜欢她，于是每周七天，至少有五天他要过来吃面，付出的代价是，与妻子离了婚，一个人搬了出来，但是最后，他也没能够与初中女同学结婚。

在沉迷于酒精一段时间后，冯远决定终结自己的“荒唐史”，终结的方案，就是开一家书店，一家好看的、文化气息浓厚的、真正的独立书店，他自己所拥有的多半资金都投入了书店中，他成了书店的主人，书店成了他的家。在有了书店之后，他由一名生意人，变成了一位文化人。书店成了他的旷野，在没有业务或活动需要他出面的时候，他在他自己的旷野里，学习约翰·戈达德，放飞自己的精神，只不过他的目标没有约翰·戈达德那么多，只有一个：让书店活下去，只有书店活下去，他的人生才会有意思。

6

深夜时，酒越喝越多，陪我们喝酒的书店领班坚持不下去，先行告退，剩下冯远、小程和我三个人。聊天也逐渐进入“深水区”，一向给人以稳重之感的冯远，逐渐恢复了年轻时代的少年感，当然，在酒精的促使之下，我和小程也慢慢地开始口无遮拦，推心置腹的聊天内容，现在已经记不得了，只记得我们时而大笑，时而安静，整个书店的灯都熄灭了，唯有这个房间的灯亮着，这个书店森林里，有三只“萤火虫”。

小程讲述了他的故事：他在高中时期喜欢上了一名女同学，这名女同学貌似也喜欢他，但直到毕业，两个人都没有恋爱，她考上了北京的一所好大学，而他只被一家普通的专科学校录取，在大学时光里，他们有规律地通信，但那层窗户纸依然没有捅破……直到一年暑假，他去了她位于海滨城市的家中，家中空无一人，他们两个度过了尴尬、漫长的两个小时，她仿佛在等待他表白，也仿佛准备好了接受或拒绝他的爱情，为此他倍感犹豫，该说的话，始终没有说出口。

她在北京毕业了，工作了，北京成为他心目中最想去的城市，但当他下定决心来到北京的时候，却没有第一时间和她联系，而是找了份工作，他打算混得好一些，再告知她，但究竟什么样的好，才算“混得好”？这是没有尽头的自我期许，在他鼓起勇气联系上她的时候，一切又重回高中时代，他们约着一起吃饭，看电影，也在她的单身宿舍里做过饭，但就是没有成为恋人……后来，她结婚了，和别人，当他最后一次敲门，她挡在门口没有请他进房间的时候，他知道自己失恋了。

这个故事的结尾和美国电影《在云端》相似，但除了结尾，此前的故事，却差了十万八千里。“什么都没发生？”冯远问。

“什么都没发生。”小程回答，“一个特别八十年代的故事。”我说：“可是你这么年轻，为什么还这么纯真？”小程没有回答。我记得我们三个人那晚最后碰的一杯酒，是以“敬纯真年代”的名义。

接近凌晨的时候，冯远锁上书店的门，步行送我和小程回不远处的酒店。走出百多米后回头看，书店招牌在内嵌灯光的映照下，非常显眼，整个城市在睡去，而我们醒着，书店也醒着……数年过去了，我很怀念那个夜晚。

他乡且旧居

1

老旧小区改造，物业通知回去配合，工人拆掉了旧窗户，新的还未及装上，站在失去了窗户的阳台上，挺直腰杆，顿觉开阔爽朗，二十年前种的槐树，今夏已经长到四层楼高，槐花开得正盛，被夏风送到室内，满屋槐花香。

怔怔站在阳台上，久久不愿离去，人生难得有惬意时刻，得到了就要抓住它，好好体会。不曾知道，一所老房子居然可以给人带来如此宁静的感受。二十年来，在此做饭、洗漱、睡眠、会友，晨晨昏昏，来来回回，不知道多少次锁上或打开房门。收房时落地的四面白墙，被孩子用各色画笔涂满，装修时几桶乳胶漆用大刷子刷上去又是一片洁白，没承想十年后又一个孩子出生，白墙又成画布……往事种种，如电影画面，在脑海中明明暗暗了一番，一生中最珍贵、最值得努力的二十年，已成过去。

作为20世纪70年代出生的人，对房子没有什么概念，又兼及年轻时有个漂泊梦，把四海为家当作理想，更是对拥有一套房子嗤之以鼻——蜗牛要不是背着沉重的壳，说不定它早成马路上奔跑的兔子了，房子就是一个人身上重重的壳。但人总是容易被改变的，男人容易被女人和婚姻改变，女人需要一间小小的房子，男人就要去为之奋斗，这间房子来之不易，有了它之后便知道，心安了。

做饭炒菜时散发的蒸汽、油烟，那些未来得及被油烟机排走的部分，留在了房子里。厚厚的窗帘布，因为沾满了土显得更重。种植过的花，在枯萎之后被拔走扔掉，剩下几多空空的花盆，堆在厨房的角落中。外出露营时的帐篷和躺椅，落上了一层厚厚的灰尘。一辆硕大的遥控玩具汽车，倒车镜和轮胎均破损。碗盏杯盘用过的痕迹，被时间划了一道又一道，看样子已经洗不掉了……叹息一声，开始收拾旧房子，把该扔不该扔的全部扔掉，扔掉之前，用目光巡视一遍，大小每个物件，都串着一串回忆。

装着神奇化学制剂的喷壶，喷洒到橱柜底下、地板表面上，用湿抹布一擦，顽固的污渍就消失了，这鼓舞了人的打扫积极性。越是清洁，就越想清洁，奋战了三天，等新窗户重新装回到原位置的时候，老房子也被彻底打扫了一遍，它像是被洁癖患者“拯救”了一般，几乎实现了一尘不染，到处都被擦得明晃晃的，阳光透过新窗户的玻璃照进来，更是显得这洁净有点儿不真实，戴着艳黄色的厨房用手套，站在老房子的中央，内心充满成就感的同时，也有些恍惚。

杜甫在《得家书》中写道，“今日知消息，他乡且旧居”，诗风沉郁惆怅。“旧居”一词因沾染了杜甫情绪，自带氛围，每每被提到或想到，也总让人感怀。“他乡”与“旧居”的组合使用，更是因为一份临时感，而给人一种无法安定的仓皇印象。要不然怎么说旧居可以有多个，故居只能有一处呢。不少人分不清旧居与故居的说法，对比旧居，故居的含义显然更丰富，故居可以被理解为：（去世者）最后住过的房子；出生以及成长阶段住过的房子；居住时间最长的房子；在故乡的房子……而旧居的定义就简单多了：在世者过去住过的房子。

故居是永久的，旧居是临时的、暂时的、过度的。可为什么还是有那么多人，对旧居念念不忘，重逢时仍然流连不已，甚至又产生了想重新在此生活的冲动呢？

2

杜甫的诗成了“旧居”一词的出处。他一生颠沛流离，旧居无数，但他的故居通常被认为是成都的杜甫草堂。杜甫草堂并非杜甫的出生地，也非杜甫的故去之地，杜甫只在那里居住过四年，虽然写出来包括《茅屋为秋风所破歌》在内诸多脍炙人口的代表作，但严格来讲，草堂不能算是杜甫的故居，而是旧居。

我曾两次去过成都的杜甫草堂，每次去都在大门口拍照留念，是的，这儿已经是一个旅游景点，更像是一个大型文化公园，每逢节假日人满为患。按照现在的规模，杜甫草堂堪称杜甫唯一的“大宅”了，可按过去的描述与记载，杜甫草堂真是一所普普通通的茅草屋。想想如此伟大的诗人，栖身于一阵大风就能把屋顶掀翻的草屋里，忍不住唏嘘。

如果从出生地的层面去理解故居，那么杜甫的故居是在河南郑州巩义市站街镇南瑶湾村，这个小院子，是杜甫的曾祖父杜依艺从湖北襄阳来巩县（今巩义市）当县令时所建，杜甫不但出生在这里，童年和少年时期也是在这里度过的。杜甫写故乡的诗句有许多，比如“露从今夜白，月是故乡明”“烽火连三月，家书抵万金”“白日放歌须纵酒，青春作伴好还乡”，这些诗虽然写作时间、地点、情境不一，但诗句中的故乡指向，往往会被默认为巩县。以苏武牧羊为代表，古代文人心目中的故乡只有一个，对于故乡的忠诚，也会被当成一个人品质构成的部分来衡量。

如果从去世地的层面去理解故居，那么杜甫的故居很可能是一艘佚名之舟——是的，杜甫生命的最后两三年，很多时光是在船上度过的。他在陆地上的容身之所只能是一间茅草屋，有的时候连一间茅草屋也寻觅不到，所以，以船为家对他而言，也并不算简陋多少。况且，由一艘船换到另外一艘船，漂泊于江河之上，虽无奈，却也颇为符合杜甫的性情。杜甫之死，据说就发生在一条船上，一个说法是：杜甫到长沙访友不得，为躲避叛乱，于是从长沙经岳阳南下郴州，想要投奔他在郴州的舅舅，结果船行耒阳时遇到洪水，不幸身亡；另有说法是：杜甫暂居耒阳时穷困潦倒，三餐难以保障，于是写信给聂姓县令求助，聂县令崇敬杜甫的名气，于是请他去船上吃顿大餐，没承想杜甫喝不了高度酒，醉后跌落河中，又因当晚河水暴涨，尸体不知去处。

杜甫最后在陆地上的居所，很有可能是位于耒阳的一处旅馆，但这一旅馆，肯定早已无迹可寻了，不但这个旅馆找不到，就是杜甫究竟埋骨何处，也曾争论过一段时间，河南巩县和偃师、湖南耒阳和平江、陕西富县和华阴、四川成都、湖北襄樊这八个地方都有杜甫墓祠。后来几经论证，位于偃师市首阳山下杜楼村北的杜甫墓，被认为杜甫的埋骨之地，这儿是杜甫的祖居地，他的祖先都埋在这儿，他的儿子也埋在这儿，依据传统文化中落叶归根的概念，杜甫埋这儿名正言顺。

人们拜谒古代名人的墓地，多还是希望能找到正地方，把思悼之情用对地方，虽然无法与古人穿越时空对话，但一草一木皆有情，人在一种无形气场的感染下，才会被激发出真正的感怀。出于旅游目的修建的古代名人墓祠，虽然够排场，但那种故意做旧的印象，总是让人走神，无法沉浸。有一年到秦岭深处的蓝田县辋川镇拜谒王维墓，那儿一片荒凉，仅余一块墓碑，墓碑前没有任何围挡，如不是上面刻着“王维墓”三个字，谁也不会认为这是唐代大诗人的永居之地。

对比之下，杜甫在后世得到的待遇，要比王维隆重多了，凡有杜甫行迹经过的地方，都被画了个圈标记了出来，大兴土木，让杜甫尽享哀荣。在甘肃天水，有个东柯谷，杜甫的侄子杜佐在此有座草堂，“安史之乱”后，杜甫为了糊口，受邀来到侄子口中的这个“瓜果丰盛之地”，在东柯谷住了三个多月，于是，杜佐的草堂也成为杜甫的旧居了，杜甫在这里一共写了一百一十七首诗，创作灵感堪称大爆发。天水人把杜甫旧居利用得很好，把当地的白水涧更名为“子美泉”，在草堂遗址旁办了所“子美小学”，把附近的一棵槐树命名为“子美树”。

杜甫走到哪儿，便会给哪儿写诗，不知道是他居住的地方景色美，还是他的诗更美，反正一些地方因为被杜甫的诗描绘过，就拥有了一笔无形而巨大的财富。杜甫一生故乡概念很强，但对于居所的观念却很单薄，其实这不奇怪，你让一位一生中有很多时间住在茅草屋中的诗人，如何有居所、大宅、别墅的想法呢？

天下没有不漏雨的茅草屋，杜甫的愁绪，有不少来自屋顶的滴雨吧，那些雨滴穿过茅草，落在打扫干净的纯土地面上，不一会儿，就会滴出一个小水坑，着实让人抓狂。现代人有居所概念，也就是这二三十年来的事情，感谢贷款买房政策，让无数人拥有了居民楼或者公寓楼其中的一间，受益于钢筋水泥，雨倒是不怎么会漏了，愁绪大抵也多来自每月的房贷，现代人的愁，和杜甫的愁，于是也有了那么一些相通之处。

美剧《神秘博士》第五季第十集中，梵高穿越到了当代的一家博物馆，当他看到自己沥尽心血完成的画作被精心装裱后挂在墙上，博物馆馆长介绍他作品艺术价值的同时也说出这些画作的天价时，梵高哭得像个孩子，那一刻，他那曾千疮百孔的心被治愈了。我想，如果杜甫能够穿越回来，重走自己当年的漂泊路线，看见人们蜂拥而来在他的旧居地徜徉、讨论、怀念他时，不知他是否会像梵高那样哭出声来。杜甫一生磨难，没住过一所好房子，要是他穿越回来，给他在公园安个家吧，就安在成都杜甫草堂公园里，没有钱的话，咱们众筹。

3

从县汽车站下了长途汽车，沿着人民路走拐向建设路，走到自来水公司丁字路口那儿，向左转弯往里再走几百米，是我居住县城时的家。在长达十多年的时间里，每逢春节，我都会从外省沿着这条路线返乡回家，在一排排建造得一模一样的水泥平房中，曾有我的一间房子。

那套房子是爷爷摆书摊、我和六叔杀猪挣来的钱建造的，在1992年建成。房子一共有四间，外加一处偏房，住了七八口人。院子的角落，支起了一个硕大的铁锅，每天凌晨五点前后，爷爷、奶奶起床把杀猪锅里的水烧至滚烫，然后叫醒六叔和我，把前一天从乡下收来的生猪杀掉，烫水、刮毛、分割，把肉送到街上卖。

我厌恶又依赖这所房子。厌恶的原因是，一年到头这小小的院子里弥漫着猪屎的臭气，以及猪毛被热水烫过之后散发出的温热气息。这所房子与前后左右邻居们的房子完全不一样，他们的院子里摆满绿植和鲜花，而我们的院子则时常遍地污浊。依赖这所房子的原因是，我们这个家庭久居乡下，那里更加贫穷和脏乱差，好不容易回到县城，有了一处安身之所，已经很不容易，所以分外珍惜。

我把属于自己的那间屋子布置得与众不同，除了打扫得干干净净外，最大的不同是，我从百里之外的市里，买回来一大卷红色地毯，在房间里摊平了，仔细地铺到每一个角落，其他叔叔家的孩子们，最喜欢到我的房间地面上嬉戏打滚，每次被我看到，都会作势用脚踢他们。很早我就学着尝试在一个困顿的大环境里营造一个较为舒适的小环境，这已经紧紧跟随着我，成为一个习惯。夏夜会在房顶铺一张席子，带上收音机和蒲扇躺在席子上仰望星空，后来为了满足拥有一间阁楼的愿望，又在屋顶加盖了一层有坡度的阁楼，没事藏在那里读书。

刚住进房子的那年为了解决用水问题，请人过来在院子里打井，谁知钻头刚下地没多深，就再也打不下去了，工人认为遇到了岩石，换了几个地方仍然打不下去，于是他们开始深挖打算看个究竟，结果几天挖下去，发现院子下面有座古墓，挖不动的那几块地方，是石棺。这事惊动了县文物局，立即有人过来在院里拉起了禁止入内的警戒线，十几个文保单位的人在线内工作了十几天，说是发现了一座汉墓，但墓内空空，早些年被挖墓贼光顾过多次，里面已经一无所有了。

那些夜晚全家人都在惊惶中度过，毕竟没有多少人能承受居住之地有一座墓洞开着。睡在房间里，半夜有时会惊醒，外面月光如洗，终于有一晚我没忍住走出房间，静静地站在墓洞口往里面看，那个幽深的洞口，散发着潮湿泥土的腐败气息，不知终点通向哪里。从开始时的惊骇不已，到逐渐平静，再到淡然处之，我终于夺回了对这所房子的“拥有权”，是的，这儿属于我，谁也不会把它夺走。后来那个洞口被填死了，填了一车又一车的沙子，买沙子的钱足以让爷爷紧皱眉头，院子里打了厚厚一层的水泥地，水泥抹平凝固之后，用水冲刷干净，地面泛着令人愉悦的反光，从此地下的事与地面上的烟火生活再无关系。

我二十三岁那年在这所房子举办了婚礼，亲朋好友把不大的院子挤得满满当当。一年后，孩子出生，孩子三个月的时候，我离家外出谋生。十多年后，城区改造，那片房子被铲车全部铲平，取而代之的是一片十几层楼的小区。铲车莅临的时候，我不在现场，在千里之外想象铲车所向无敌的样子，居然没有惋惜的心情，反而有如释重负的感觉——我居住时间很长的那所房子，从此在这个世界上彻底消失了，仿佛我也可以与那段生活永远作别。

4

去过许多次天津，但一次也没有去李叔同的故居看过，这有点儿不应该，下次再去天津，一定要去看看。从相关的传记中了解到，李叔同故居有房六十余间，占地一千四百平方米，是座豪宅，李叔同在出家成为弘一法师之前，在这里住了十六年，享尽了“衣来伸手、饭来张口”的公子哥儿日子。

想看李叔同故居的愿望不甚强烈，是因为看多了弘一法师的旧居。而看弘一法师旧居之地最多的地方在泉州，每次去泉州，都能看到一个不一样的弘一法师旧居。在华表山南麓的草庵，弘一法师曾在这里短居过，喜欢题字的弘一法师，他足迹与笔迹所到之处，无不会成为他的主场，他的字气场太强大，在草庵，弘一法师的手迹以雕刻在摩尼佛雕像前两根石柱上的对联最为显眼：“草积不除，便觉眼前生意满；庵门常掩，勿忘世上苦人多。”

在位于泉州老城的“小山丛竹”，有一间大小不过几平方米的简陋房子，据说是按照弘一法师圆寂前的居室原样复制的“晚晴室”。那是一间小小的卧室，仅有一张床、一张小桌子，一只凳子、一个箱子，简朴到令人动容。想想李叔同出家前春风得意的翩翩才子形象，再看看眼前的“萧条而枯素，寂实而荒寒”，很是能让人内心安静。我在那所旧居门前久久站立，不愿离去，觉得整个人正处于一条无形的时间瀑布当中，接受一番洗礼。

黄永玉讲过他青年时偶遇弘一法师的故事，他们发生过这样一次对话：“哎！你摘花干什么呀？”“老子高兴，要摘就摘！”这次对话就发生在弘一法师居住过的开元寺，好像黄永玉还对正在写书法的弘一法师做出过评价“写得还行”，并当场讨要，哪知黄永玉事后没有守约在四天后去取，八天后拿到字时才知道写字的僧人是弘一法师，当场拜倒，号啕大哭。我去开元寺的时候，正好玉兰树开花，黄永玉翻墙要摘的，恐怕就是这玉兰花吧，想到这一老一少曾在这儿有过如此交集，额外有了一些亲切感。

据不完全统计，弘一法师在泉州，先后住过雪峰寺、开元寺、承天寺、铜佛寺、弥陀岩、碧霄岩、清源洞、草庵、净峰寺、普济寺、福林寺等数十座寺院，这里都是他的旧居，如果逐一拜访驻足，恐怕得去几十次泉州才行。弘一法师离开故乡天津后，就再也未回去过，与他关系并不亲近的父亲去世，他没有回，他所依赖并深爱的母亲去世，他也没有回，只是在寺庙抄写经书悼念母亲。所谓故乡与故居，有时候是一个人的伤心之地，哪怕超凡如弘一法师，也无法心无旁骛地再度踏上故土。

弘一法师在他的居所里，主要做三件事情，一是抄经，抄《金刚般若波罗蜜经》《阿弥陀经》《药师琉璃光如来本愿功德经》等；二是写信，给师友写，给学生写，给日本妻子写；三是写毛笔字，写好的字，遇到有前来拜访的人，随手就送了。我时常想，弘一法师其实是并不孤独的，当然他也不忙碌，他只是一个把居住之地利用良好的人，房间对他来说如同洞穴，打开房门，他要面对滚滚红尘，关上房门，他拥有一个独享的宇宙。

什么时候，才能到达弘一法师境界的十之一二呢？我在家里，时常心浮气躁，想要出去，有多远走多远，可刚离开家到河边散步一两个小时，就累得急急忙忙要回来，窝在书房里发呆，待够了又烦。可能人就是这样，房子无论新旧，都是长在身上的壳，旧的壳蜕掉了，回忆起来空空荡荡，正在用的房子是长在身上的新壳，一旦强行脱离，就会生疼。

5

一位作家回到了故乡，看见自己童年住过的房子被夷为平地，她流泪了。那座房子其实十多年前就不再住人了，房子失去了人气的浸润，就会破败得特别快，这十多年来，那座房子有目共睹地一年比一年“老去”，就像人会变老一样，房子也会逐渐萎缩、呆滞、倒塌……

之所以知道这座房子的状况，是因为这位作家朋友每次回乡，都会发一张旧居的照片到朋友圈，顺带简单讲几句与旧居有关的人或事，时间久了，她的那所旧居，仿佛成了朋友们共同的旧居，有时会开玩笑说，快组织一次“故乡行”，去看看你住过的房子和以前生活过的村庄。

还没来得及去她的村庄，她的房子却没了。她最后一次发布的旧居照片上，只能依稀看到点地基的样貌，俨然废墟，比这一小片废墟更让人触目惊心的是旁边的一洼脏水，那水面上的倒影，破碎而恍惚。她说她看着这个画面哭了很久，哭得很伤心，像是亲人去世了一般。有那个破房子在，她在故乡还有个家。后来她没再发布与故乡有关的文字。再后来，她去了国外，在国外，她只会有新居，永远不会有旧居了。

由这位作家朋友，想到了张爱玲。张爱玲在美国住了四十年，晚年定居于洛杉矶，1995年9月8日去世于洛杉矶西木区罗彻斯特大道一幢五层公寓的206号房间，这个房间因此被当作张爱玲的故居，但若要去访问，极有可能吃闭门羹，因为张爱玲只是租客，公寓现有其他人居住，想要登门，必须要经过现租客的同意才行。

张爱玲恐怕是全世界拥有名人旧居最多的一个人，她在美国搬过一百八十次家（另有一说是搬过二百三十次家），有一段时间，平均每个星期都要搬家一次，按照只要住过都算旧居的说法，张爱玲的旧居可谓星罗棋布，可能正是因为如此，那些到达洛杉矶想要拜访张爱玲旧居的人，会无从寻找。想要拜谒张爱玲墓，也无迹可寻，因为她的骨灰撒进了太平洋，太平洋底成了她的永居之地。

有一年在上海静安区街道上闲逛，抬头遇见一处楼房颇有特色，仔细观察时，在一块牌匾上看见了“常德公寓，常德路195号”字样，才知道这儿是张爱玲旧居。常德公寓原名林登公寓，始建于1933年，张爱玲曾在此生活六年，写出了《倾城之恋》《沉香屑——第一炉香》《金锁记》《封锁》等作品。这儿的张爱玲旧居，也是不能进去参观的，好在一楼有家书店，橱窗张贴的海报上写着“旧家是张爱玲文字的原乡”，推门进去，书店的张爱玲元素浓厚，这儿恐怕是全世界能够最近距离接触张爱玲的一个地方了吧。

还有一次也是在上海，路过同样别致的一处公寓，同行者不经意地说了一句，“张爱玲在这儿住过”，时间是傍晚，夕阳的余晖正洒满长街，不禁回头又多看了几眼，看楼顶，看窗户，看灯光，恍惚间仿佛看见了某个窗户内张爱玲的影子一闪而过。后来知道，这儿是原来的上海开纳路的开纳公寓，现为武定西路1375号武定公寓，张爱玲在这座公寓里开启了她的“女性公寓生活”。后来再去上海，还一直想去开纳公寓看看，不只是看看公寓，还想体会第一次看时，那瞬间的心荡神驰。

如何看待自己居住过的房子，也会因人而异吧，但普遍看来，居住越久的房子，让人牵挂得越深。行走在大城市的老胡同里，两侧都是拥挤破落的房子，从舒适和卫生的角度考虑，都符合不宜居的标准，早晨看见过有人在门口刷牙，夜晚看见过有人在门口泡脚，游客从他们眼前经过，不免好奇地四处打量，而他们则视不断走过的陌生人为空气，丝毫不影响他们的生活节奏。在胡同的中间或者尽头，总会有一棵令人惊讶的参天大树，它像座巨大的挂钟一般，记录着时间和历史，看见这些树的时候，往往便理解了那些不愿意离开胡同的人们，他们的生活已经和胡同深度地绑定在了一起，那些砖瓦，青石板路面，一抬头就能看见的大树，早已深深地写进他们的生命里。

如此，更显得那些离开故乡、旧居去远方的人的勇气，他们中的每一个人，在决定连根拔起要远走他乡的时候，都要忍受分割般的痛楚吧，他们在他乡暂居的房子，无论住多久，都因为缺失了童年与少年的成长记忆，而缺少一份温情与温度。“他乡且旧居”，杜甫这句诗写得直白、平淡，但确实让人感慨万千。等意识到这句话的万般滋味时，一个人的心，恐怕也足够苍老了。

桥下桥上

1

跨河大桥横跨两个行政区域，桥下是宽几百米的大河，河里本来没有水，多年河滩袒露，荒草丛生，忽然有一年上游水库放水，从此清波荡漾。这座桥修建了多年，桥这方居民等到快绝望的时候，它忽然通车了，通车后的桥上白天车水马龙，夜晚路灯彻夜明亮。

在等待桥通车的那几年里，桥下通往河滩的道路也被封堵了好几年。通往河滩的小路不止一条，而是有好几条，但再多的小路，也禁不住几块铁皮板子，涂成蓝色的铁皮板子一竖起来，人就算踮起脚也看不到里边的景色了。过去喜欢到河边散步的居民们，走到蓝色的铁皮板子这儿，便叹了口气，失去了散步的心情，溜达着回家了。

从我居住的高楼层，俯视下去，刚好能看到大桥的全貌。从粗大的水泥柱子拔地而起，到巨大的吊车把同样巨大的桥板吊装上去，再到施工车施施然开上去施工，整个过程基本都知晓，但就在以为两地桥梁即将合龙的时候，所有的施工车都消失了，噪声也消失了，剩下的只有干净的桥面，桥面上画着清晰的、白色的路标，时间久了，风吹日晒使白色的路标逐渐变黄，秋天的时候，还能看到一些被大风刮上去的树叶，在路面上跳舞。

同样的居住高度，还可以看到：大桥的左边，是一座硕大的蓝色房子，形状像是个粮仓，鉴于边上还有一个供暖锅炉房，所以我认为那所蓝色房子里大概率装的是煤炭；大桥的右边，是一片上千亩的葡萄园，夏天的时候可以看见园子里一片生机勃勃，冬天时则剩下干枯的枝杈，弯弯曲曲地戳向冰冷的天空，看着像幅抽象画。

大桥通车，就差一块桥板的距离。没了那块桥板，大桥的缺口就像是老奶奶张开的嘴，空洞洞的，剩下为数不多的“牙齿”，参差且凌乱着。半夜有时候睡不着，会站到窗前独自观察一会儿这冷清的大桥，叹息一声之后再回去睡。

有一天清晨醒来，听到桥上远远传来鞭炮声，跑到窗前一看，桥上拉起了横幅，张灯结彩，老奶奶的“嘴巴”合上了，一口的“牙齿”整整齐齐。下午的时候再去桥下，发现蓝色铁皮板子也没有了，一条涂了三种颜色的跑道直通河边。居民们踩着有点不敢相信的步伐，减缓了跑速向河边跑去，他们手里牵着的狗，也因为这跑道的弹性，奔跑时仿佛变成了弹簧狗。

居民们终于又拥有了正常的大桥下的生活，跑步，打篮球，使用健身器材，甩鞭子，拉二胡……可这股热闹劲儿没持续几周，人开始逐渐地变少，到最后，只剩下一个拉二胡的老人，还坚持每天过来在这儿练习一会儿技艺，路过的时候顺耳听到，觉得凄凉得很。再几周后，这拉二胡的老人也不再来了，由此才觉得他的重要性，觉得有他在，起码能证实，这是一个公共场所，不那么孤独。

几个月后，一个施工队来到大桥下，“叮叮当当”开始施工，电钻打孔，砸膨胀螺丝，围铁栅栏，搬运组装大型器械，全部完工后，一个儿童游乐场建了起来，本以为，孩子们都来玩了，相应会带动一些商业活动进来，大桥下不就热闹起来了吗，但事实并非想象的那么好，自打这个游乐场建成之后，反正我每次路过，从来没见过一个十岁以下的儿童在这里玩，也没见到过有人守门、卖票，只有一张破桌子挡在铁栅栏留出来的入口处，桌面上贴着收款二维码。几个通电的摇摇车，闪烁着红蓝色的灯球，冷不丁地说出一句“小朋友，快来玩呀”……

一公里外人群聚集的商业广场区，这样的游乐设施，也在发出这样热情的招徕声音，可也罕见小朋友过来玩。小朋友们，他们都去哪里了呀？

2

三年养成的居家习惯，想要纠正过来，真的是一件困难的事情。外边光线明亮，鸟声啁啾，空气缓缓流淌，四处散发着一片慵懒的气息，但就是懒，懒得去窗口站站，也懒得从沙发中起身。最后逼迫自己换衣服、换运动鞋的动力，居然是大桥下摇摇车发出的呼唤，莫名其妙地，就是想路过它们，听听它们单调的，但从来不知道累的声音。

走到大桥下，先要穿过一条马路。没有过街天桥，有红绿灯的十字路口也远，但为了方便居民们去河边，在马路上留了一条比较窄的人行通道，要等到左右看都没有汽车的时候，才可以三步并作两步快速通过。通过后再走个两三百米，就可以进入大桥下了。大桥下除了游乐场，还开辟了一个停车场，停车场偌大，但最多时也不过停三五辆车，多数时候一辆车也没有。

有几次站在大桥下，不愿意再往河边走，站在那里胡思乱想，想这停车场和游乐场的老板，是不是同一个人，生意这么差，能不能发得起员工工资（不过，说真的，在这里倒是一次也没看到有人像是员工的样子）。还想，要是再这么继续下去，这块场地会不会被收回，地面再次荒芜，通道再次被封闭起来。那样的话，就太可惜了，虽然居民们并不乐意到这儿打发时间，但失去了一条通往河边的道路，还是蛮让人失落的。

要是跳广场舞的大妈们能来这儿就好了，把音响音量调到最大也没关系，反正音乐声再大，也不如桥顶汽车路过碾过桥缝时发出的噪声大。在这里，也不存在扰民的问题，反而能给这空旷的区域增添一份热闹。可是，怎么让大妈们心甘情愿地来是个问题，她们不能缺少观众，没有络绎不绝路过的观众，她们在这里跳得也没啥意思呀。

我甚至突发奇想，要不要找承包了这块地的老板商量，分包给我一块空间。如果价格合适，不小心谈成了，干点什么好呢，想来想去，还是觉得开一家书店比较不错。对，就叫“桥下书店”，想要有气势一点，就叫“大桥下书店”。本着随时倒闭，或者说随时被驱赶走的原则，书店最好是不要动土动砖动水泥，买几个废弃的货运箱，添置两三台报废的公交车，改造一下，连通在一起，放上书架，摆上各种各样的书（旧书也行），然后就可以开业了。

但要是没人来怎么办？这完全有可能，如果一个游乐场连儿童都没法吸引来，更是不大可能有读者愿意来这看书、买书的。但这事一旦做了，还是得坚持，游乐场一天到晚见不到人影，不也是灯光音效“咔咔”地制造着电费在坚持运行吗。开书店这种事，本身就是寂寞的，开在大桥下，又强化了这种寂寞，这不是所得即所求吗。想到这儿，真是觉得又浪漫又伤感。黯然之余，心想，大不了邀请一帮诗人，定期来个“大桥下诗歌朗诵会”，这样总会有人来捧场了吧，但转念间又灰了心，这年头，还有几个人愿意听诗人朗诵呢。

不管怎样，在大桥下开书店，这个创意总是很棒的。我有朋友去过东京，日本著名的书店茑屋书店，有一个位于中目黑的分店，就位于东京的一座高架桥下。看了他拍摄的一些照片，这条高架桥的上方，运行的是地铁，桥下四通八达，可以通往各方，桥下也行人如织，天下的大桥千千万，千差万别，可唯独中目黑的高架桥，天生是个做文化生意的好地方，难怪会成为文青们朝拜的文艺胜地，还有，中目黑分店布置得精巧美妙，处处都是匠心独具，比起我设想的集装箱、公交车改造，不知道要高级多少倍。

世界上开在桥下、桥边、水上的书店，还真是有不少，比如伦敦滑铁卢南岸桥下就有一个著名的旧书市场，佩蒂特桥虽然是塞纳河上最短的桥梁，但它附近有著名的莎士比亚书店……此桥非彼桥，世界上的桥那么多，能把桥下书店开成功的凤毛麟角，我经常去的这座空荡荡的大桥，桥上川流不息，但都是奔向理想奔向远方的人，桥下寂寞无比，只有我等闲人才会为此胡思乱想。

3

“我走过的桥，比你走过的路还多”，现在说这种话的人，越来越少，但人们对桥的热爱，却没有衰减过，就算逛逛公园，看见人工湖上搭建的简易桥，也总是跃跃欲试地踏上去走一走，走到桥的中间，还要停留一会儿，作眺望状——这是刻在我们骨子里的文化本能啊，牛郎织女鹊桥相会，许仙白娘子断桥偶遇，长安人送客到灞桥意味着缘断情尽……中国人对桥的情感真是一言难尽，送别要在桥上，迎客要到桥上，悲伤要在桥上洒泪，重逢的喜悦要通过在桥上的相拥来加倍表达……

记得在一本书中读到，欧洲有不少“恶魔之桥”，有这个称谓的大桥小桥，加在一块竟有几十座之多。我看欧美恐怖片，确实经常出现马车疾驰过大桥小桥的情节与画面，桥梁的尽头，通常是一座幽深的城堡。传说在瑞士的乌里州，当地人筹划在一个峡谷修桥，但峡谷的险峻让工匠们感到十分为难，商量工程时喃喃自语说了句“要是恶魔可以帮助我们建这座桥就好了”，没想到真有恶魔帮助人们实现了这个愿望，一夜之间就把桥修好了，但恶魔建桥后索要“报酬”，要求享用第一个过桥者的肉体与灵魂，这难住了当地人，后来有聪明人想出一个办法，让一只羊第一个过了桥，羊也有肉体和灵魂啊。恶魔被涮了一道，但也咬碎钢牙认了，这个故事的冷幽默成分，削弱了它的阴冷色彩。

我怀疑瑞士这个“恶魔之桥”的故事，借鉴了鲁班一夜造成赵州桥的原型，神童把羊群赶到鲁班造桥处，瞬间羊群变成了各种各样的石料，当夜在“神役”“天工”们的神力下，赵州桥横空出世，按理说，这桥主要出力的是“神役”“天工”，没鲁班什么事，但鲁班是造桥的发起人，是“感天动地”的那个人，再者神仙们做好事不便留名，把功劳全都记在鲁班名下，也符合东方礼仪当中的“成全”概念。当然这个故事的结尾处，也有幽默的成分，张果老和柴王爷作为不请自来的“工程验收者”，褡裢装日月，推车载五岳，毫不客气地上桥测试承载量，石桥左右摇晃欲倒塌之际，鲁班跳到桥下用肩膀双手托起桥身，两位老神仙见鲁班如此爱桥，也就不折腾，收了神通各自去了。

有一年我到河北省石家庄市赵县游玩，驾车来到县城南部的洨河，赵州桥正是架在洨河之上，不巧的是，赵州桥不知何故被围挡了起来，不但不能亲自上去走走，就连走近一些观望也不允许，只好在几百米外远远地怅望了一会儿，然后叹息一声离开了。与这座神仙建的桥，这座出现在小学教科书里的桥，擦肩而过，或是最好的安排，要是真的走在桥上，那美好的想象又可恶地消失了，该如何是好？美好的桥，就该在远处，就该在云里雾里，就该由恶魔或神仙建造，也由他们守护，我们这些凡人，遇路走路，遇桥过桥，抬头看天，低头前行，不问前程，不管去处，默默地走，不停留，就是最好。

无论北方还是南方，多地都有个风俗，白事的最后一个环节，送亡人去埋葬之地路过桥梁时，亲人要喊一声称谓，并加一句“过桥了”的提醒，有的地方，还要扔一串纸钱，或者点一个鞭炮。我数次目睹或亲历过这一场合，每次听到“过桥了”这三个字从口中悠悠发出之际，都觉得车轮变缓、时间加速、光线骤亮或骤暗，这一瞬间如同被胶片铭记了一般，具有了无法形容的质感，那些普通而寻常的、平时并不会被关注到的桥，也仿佛具备了交流的功能，它们默默地卧在一个时间的旋涡深处，承载了太多人的脚步印痕与殷殷呼唤，同时也收纳包容了许多深沉的叹息。

现代人一年过的桥，恐怕比古代人一生过的桥都多。只是现代人过桥，多是开车、坐动车、坐飞机，绝大多数时候，脚都不曾落在桥面上，人与影便皆飞过桥去。人记不住桥，桥也便会记不住人，人与桥，便失去了彼此身影交织的机会。所以，当在公园或田野里游玩时遇到桥，要飞奔过去，要呼朋唤友，去桥上拍照，看花，看流水，看旷野和远方啊，那曾是我们过去生活的主要内容，一张照片里如果有了桥，就会额外多一分纪念意义。

4

记忆里有一首老歌，二十世纪八九十年代流行过，但歌名、歌手、歌词全部都忘记了，但有六个字却记得特别清晰，“路归路，桥归桥”，那旋律，以及那歌喉所传递的那决绝与凄伤，那痛和悔，都凝聚在这六个字当中。人只有在失望或无奈到了极点的时候，才会说这六个字吧，和它同义的说法还包括“你走你的阳关道，我走我的独木桥”“锦水汤汤，与君长诀”“一别两宽，各生欢喜”“此后锦书休寄，画楼云雨无凭”等。

古人心中与眼里的桥，别离的寓意要多于重逢，悲伤的情绪要多于欢乐，如果不巧，当事人遇到或写到的桥是断桥的话，那桥便更加“凄凄惨惨戚戚”了。这些年行走各地，遇到的“断头路”颇多，但断桥却极少，恐怕每个地方的人，能容忍“断头路”带来的不便，却接受不了断桥的视觉与精神刺激。

有一年去杭州西湖，专程寻访断桥，那时才知道，断桥不断，断的只是人的肝肠而已。白娘子与许仙的爱情故事成就了这座桥，这座桥于是就得永生永世断下去。只是那次我去的时候正赶上五一假期，通往断桥的路在一两公里外就塞满了人，我于是便知趣地离开了，心想，有这么多人上断桥说话、自拍、嬉笑，就算真站在了断桥上，也难产生几分感慨。

写桥的古诗词千千万，论淡定还属贾岛写得深得我心，“过桥分野色，移石动云根”，短短的十个字，过眼入心，脑海里便出现了一片宏大的、色彩斑斓的田野风景，田野之上，是广阔天空以及漫天流云，在这幅如同ChatGPT瞬间生成的画面里，小小一座桥虽然不值一提，但如画龙点睛的那一笔，非常重要，若是没了桥的划分与对比，没了桥的点缀与渲染，这十个字所构造的画面，顿时会损失许多意境。最关键的是，贾岛的心态好，没被前辈与同辈们写桥的伤感文字影响，在他看来，桥就是桥，固然是人工的，但时间久了，自然被大自然回收，成为自然和谐的一部分，拿桥寄情可以，但谁都不能改变桥的属性，给桥赋予太多的七情六欲。在看完贾岛老师的这句诗之后，若是再有桥惹我过于感性、心情低落，默念这十字诀之后，顿时内心晴空万里，一片温暖和煦。

前几天，看了一部名为《间谍之桥》的电影，导演是史蒂文·斯皮尔伯格，电影有许多谍战片的必备要素，情报交换、抓捕、枪战等，但这些扣人心弦的情节，远没有电影结尾让我觉得震撼。是的，这部电影的故事结局发生在桥上，那座桥被大导演斯皮尔伯格塑造得极具史诗色彩：长长的钢结构桥面上落满了雪，桥的两头都架有编织了铁丝网的拦截路挡，深夜雪白的路灯无论怎么努力挣扎都撕不开夜色与浓雾，那些白色的雾气让硕大的桥身变得若有若无，在这样的背景下，桥这端是无论如何都看不到桥那端的。

敌对双方约好了在这座桥上交换人质，但有一方心怀鬼胎，说好了释放两名人质，却打算只放一人了事。中间人坚持要看到两名人质全部被释放，才算交换行为全部完成，在瞬息万变的钩心斗角当中，那座稳稳的桥，显得险象丛生。第一个人质顺利过桥。从桥中间开始，第二个人质的脚步，从胆怯地缓慢行走，到脚步逐渐加快，他意识到背后的子弹随时会射来，所以他跑了起来，他飞快地跑了起来，浓雾被他的衣角掀起，那个时候每一位观众都会给他加油吧，等到他越过了拦截路挡，跑到了桥的尽头，被自己人所拥抱的时候，影片的高潮到此结束。

我之所以对这部电影印象深刻，是因为这个结尾，之所以对这个结尾念念不忘，是因为那座桥，之所以对那座桥充满了感情，是因为当那名人质成功穿过整座桥的时候，我的心里像字幕般又像音响般地出现了几个字——“是祖国啊”。

桥的那头，是人质的祖国。一座桥的相连相通的意义，还有什么比这更重大的吗。

下辑／带你回故乡

燃烧的麦田

1

三叔打电话来，我手机静音，且人在洗手间，没有听到。看到未接来电，给他回过去，他没有接，估计他人在田野，手机忘在家中。

这是我们独特的交流方式，虽然各自都有手机，但联系起来，还有着农业时代的节奏感，不互相这么拨几个来回的电话，是没法通成话的。

大约两个小时后，三叔的电话又打了进来，这次一直守在手机边的我，立刻就接了。电话里三叔的声音有些焦躁，他开口便问我："麦田烧了，怎么办？"

对我来说，这是一个无比遥远的话题。他在"怎么办"这三个字之前所说的那四个字，实在是太陌生了。"麦田"，我已许久不下，周末的时候偶尔经过郊区，遇到麦田，会停下车来，站在地边用手机拍照，把手机放进青青的麦秸丛中，贴着地皮往天空的方向拍，这样拍出来的麦子，在蓝天的映照下，高耸而立，视觉效果不错。

而“烧了”，在我的印象里，更为模糊。城市里繁忙有序，到处都是水泥柱子与玻璃幕墙，偶尔失火，也多是通过微信群里传播一下，罕见“烧了”的真实景象。与“烧”有关的文艺作品，也挺少见，最近接触到的，是2018年看韩国导演李沧东的电影《燃烧》，2020年，他又出版了小说集《烧纸》的中文版。

李沧东如此热衷于表达“烧”这个题材，值得深究。《燃烧》看完后给我留下的印象中，最清晰的部分是，一个年轻人，神神秘秘地出现于多处，点燃着距离人群远近各不相同的草垛、大棚、废弃房屋等，在清晨的迷雾中，在暮色如黛的黄昏里，一处熊熊燃烧的大火，有着明明暗暗的比喻。

那些火堆，能够强烈地吸引眼球，哪怕隔着屏幕，也能感受到火苗的形象通过眼睛的摄入抵达内心后带来的悸动。看《燃烧》的时候，我在不停地猜测电影中纵火者的心理，得到的答案五味杂陈，但不确定我心中答案的哪一个部分，是可以与电影中的人相对应的。

火是危险的。纵火则导致危险程度以几何级别增长。但若是火烧在空旷的田野里，且远离森林等易燃地带的话，则又会有一种无法言喻的浪漫无声地蹿腾，田野愈是空旷，这该死的浪漫愈是绽放如花。

童年时，出于对这种浪漫的好奇与渴望，一把火点着了紧挨着房屋的草垛，差点连累全家人居住的七八间茅草屋一起被烧掉，至今我还记得点火那刻，内心的清净与澄明。当然，随着火苗升腾、烟灰如死去的蝙蝠成群结队地落下时，无边的恐惧与慌张由之而生。

童年纵火的恐慌早已被治愈，即便是三叔的来电，也没能成功地点燃它。但疑问还是接踵而来：谁会在麦子即将收割的季节，把麦田点燃？是不是路过之人随手丢弃的烟头导致的起火？如果是出于报复，为何要点燃三四家人的麦田？

在电话里与三叔商讨要不要报警，以及询问他有没有给麦田买保险时，我一直思索着这些问题，脑海里浮现更多的，是一个年轻人的形象——就像《燃烧》里那个看不清面庞，但动作迅疾、姿态轻盈的纵火者那样。

如果真是有这样的一个人在纵火，他是想毁掉一些什么，破坏一些什么，逼迫一些什么吗？他是恨一个人、一个村庄、一片土地，还是恨无可更改的命运……

我没能给麦田被烧掉了的三叔，想到更好的挽回经济损失的方法，但他的这个来电，却把我拉进了无边无际的回忆当中去，那些被遗忘的乡村生活，突然像冲破闸口的大水一样，汹涌而来。

2

相亲的两家人，坐在堂屋里，直奔主题地聊着天，作为当事人的他与她，却像局外人。出于窘迫，他躲到了另一间屋子里，看到自己心爱的驴子被家人打，他走出门去，把驴子牵到驴槽旁，捧了一把苞米喂给驴子吃。

身体有残疾的她，出门上厕所，从始至终，她与他的眼神都没有对接过哪怕一秒钟，但她看见他在喂驴子，就同意了这门婚事。后来她跟他说，能对驴子这么好的人，就一定能够对她好。

他叫马有铁，她叫曹贵英。

这是我在影院里看到的一部电影的开头，这部电影的名字叫《隐入尘烟》。我被它的片名吸引，但在看之前并不确定它是一部农村题材的影片。坐在一间位于一线城市、装修豪华的影厅里，看着银幕上土里土气的沙丘、残垣断壁式的农院，顿时产生了一种强烈的反差感，这反差感当中还掺杂着一些细微的荒诞感与罪恶感，我来不及仔细去分辨这种感触的源头，因为片中那些有关劳作的场面，让我忘记了周遭一切，深深地沉浸其中。

马有铁套上驴子，耙地。耙可以正反面地用两个方式使用。反过来的时候，用于平整被翻过的土地。正过来的时候，耙齿可以深入土地，钩出地里残存的根茬，如果在耙齿内部装入麦粒种子，那么它的主要功能就是播种。无论正着用还是反着用，耙上都要坐着一个人，有了人的重量，耙的功能性才能尽最大可能地发挥出来。没有人在耙上，耙就会轻飘飘的，没法与土地进行深度接触。

曹贵英蹲在耙上，两只手紧紧地抓住耙的框架。她整个人偏瘦，连人带耙的重量，驴拉起来都毫不费劲。蹲在耙上的她是开心的，一个大人的开心，不会像孩子那样完全显露出来，而是深藏不露的，她的眼睛在四处观察，哪怕眼神定住，也能看得出来，她的内心是飘的、荡漾的、开心的，她家的男人和驴子，在前面卖力地走着，而她只需要蹲着不动，就可以参与劳动，为家

庭做出贡献，这是莫大的奖项和荣誉。

我童年时参加田地里的劳动，最喜欢的莫过于蹲在耙上了。一个小孩的重量不够，最好是三五个小孩一起上。自己家的孩子不够用，还可以把正在邻家田地里追跑打闹的孩子借过来。再顽皮的孩子蹲到耙上，也会消停下来，就算嘴巴不停，手脚也要老实，不然的话，一个趔趄翻倒在耙下，容易受伤。曾经就有小孩没抓牢，前面拉耙的牲畜跑得又快，整个人被卷进了耙下，身上留下几道血痕。

很少有小孩子热爱劳动，但没有小孩子能够抗拒得到表扬。来自大人的一句承认的话语，会让他们鼓足几个小时的动力，像父辈那样在土地上卖力，直到精疲力竭的那刻才愿意停止。前几辈人，就是在这样的教化下，才逐渐热爱上土地与劳动的。干活的愿望，深深地写进基因当中，哪怕外边的花花世界再好，都不如赤脚站在属于自己的那一亩三分地上的感觉更惬意。

马有铁的个子很矮，目测不过一米六五上下的样子，他播种过的土地，到了秋天，苞米成熟的时候，土地由几个月前一片干巴、光秃的景象，变成了一副“森林”的模样。他走在苞米地里，苞米就结在他头部那么高的地方，有的苞米，他需要跷脚才能掰到。那些苞米，真是有一根算一根啊，单独的一根，恐怕就有一斤重，一个手挎的大篮子，一二十根苞米就装得满满当当，每隔一会儿，他就要钻出苞米“森林”，把掰下来的苞米棒子，倾倒在自己用草编扎成的“车厢”中。

我在苞米地里掰玉米棒子（山东管苞米的一种叫法）的时候，身高最多有一米五，那年我上初一，暑热未消的玉米地里，宽大的玉米叶子把田地里的空间“编织”得满满登登，叶子边缘的锯齿划过裸露的胳膊，会留下一道道细微的血痕。几亩地的玉米，似乎永远也掰不完。有一天晚上，掰玉米掰到半夜，在明晃晃的月光下，一个人掰玉米的动作显得无比不真实，夜晚的劳动，有一种不正当性，无论怎么勤恳，都被赋予了偷窃的嫌弃。我就是从那个时候起，开始有了要永远逃离种地的初心。

身体残疾的曹贵英，除了行动不便外，还有一些不为人知的疼痛或者疾病，她莫名其妙地心口疼，在院子里止不住地呕吐，稍微登高一点就头晕……这与残疾无关，这似乎是过去许多农民共有的一个“病症”。

在电影院里，每次看到银幕上曹贵英不舒服的时候，我就如坐针毡，想起来少年时在田地里上化肥、打农药，胃里会有剧烈的恶心，头部也会晕眩，化肥或农药的气味，通过未佩戴任何遮挡物的口与鼻，甚至通过眼睛或皮肤，直接地进入、渗透到了五脏六腑的活动当中，说不定还参与了血液的制造与流动……那近乎一种诅咒，让人一分钟也不想继续，却又身不由己、争分夺秒地劳作，一秒钟也不愿浪费。

马有铁在一片空地上，像摆八卦阵那样，不停地制作着土坯砖头——在黄土中混入麦草，倒入湖水用脚踏踩，将厚厚的泥浆灌入模具里，成型后再倒出来，一块土坯就此制成。他需要大量的土坯，才能给自己与妻子，以及驴子、鸡鸭、猪、燕子等活口，留出自己的房间或位子。一场暴雨来了，马有铁与曹贵英拼命地把摆放在地面上的土坯聚拢在一起，未彻底晒干的土坯见不得雨水，见了雨水就要现出原形，那是让人绝望的事情。他们找出大大小小的塑料布，罩在土坯上，塑料布用完了，就把自己的身体，当成一块塑料布，罩在那些金贵的土砖上，那个时候，带有温度的肉体，温暖着没有生命的土坯，让土坯具备了某种神性。

险些被我一把火烧掉的那七八间茅草土房，就是用这种土坯建造起来的。我的父亲带着他的五个弟弟（一共六个马有铁），在村庄的边缘，就是这样，一摊摊地和泥，一块块地制砖，花费了将近一年的时间，修好了一家人住的房子。这样的房子冬暖夏凉，地面虽然是土的，但因为经常打扫，再加上来回走动的摩擦，像瓷砖一样光滑洁净。

我在这样的房间里出生，趴在地面上哭闹的时候，眼睛离“地板”很近，可以看到微尘，嗅到专属于土房地面的清凉气息。哭累了走出低矮的房门，看到的是同样低矮的院墙——那个时候，我只能看这么高、那么远，这让年纪小小的我，时常感到沮丧。

二十二岁时，我到镇上参加工作，拿到的第一份工资，就支付给了开自动收割机的司机，请他帮忙，把几亩麦田里的麦子收了。我的家人们，围在田边，看着巨大的收割机，在麦田里来回奔跑，他们手里的镰刀，都低垂着。从那之后这些镰刀便开始生锈，不但我自己不再下田，也不允许家人再下田，能找机器收割的，就用机器，没法用机器收割的田地，就租给了别人。后来，所在的街道，一股脑地把土地都卖掉了，自此之后，全家几十口人，再没有了一寸可以耕种的土地。

我们的大家庭，总计有五十多口人，如今，只有留守乡村的三叔和三婶，还种着地，一季麦子，一季水稻，间插着种些玉米、黄豆、花生等。每年只有在春节返乡的时候，才会与三叔见上一面，那个时候，也不是劳动的季节，这么多年下来，我早已忘记了他的农民身份。

直到他打电话问我："麦田烧了，怎么办？"我才想起来，那片被烧的麦田，我小的时候，或许也曾蹲在耙上耙过，曾在地头等到送来的煮鸡蛋和稀米粥，曾光着脚在刚被水覆没的稻地里艰难地跋涉过。

3

我也曾在深夜，面对一块干燥的麦田，不确定是否要把口袋里装着的一盒火柴掏出来，将其点燃。乡村的白天，热得四处一片白茫茫，麦芒在阳光下，会反射出刀刃一样的白光。到了夜晚，星空如洗，河水喧哗，虫声鸣啾，一切仿佛都具有阻止人"犯罪冲动"的抚慰能量。

我在夜晚的十点多钟，溜出自己的家门，临走的时候从锅台旁边摸到了那盒火柴。火柴盒里还剩下三五根火柴棍在晃荡着。不敢把它握得太松，怕一会儿跑起来的时候不小心搞丢了，也不敢把它握得太紧，怕手心沁出的汗水会把它浸湿，无法擦着。

那块麦田是不是村支书的麦田，我不太确定。在白天的时候，目测过他家的麦田距离我家大概隔着三块田地，我数过田埂，大概是这个样子。但到了夜晚，又不禁犹疑起来，到底是隔三条田埂还是五条田埂？这种犹疑，再加上夏夜让人惬意的风，迅速让我熄灭了内心的冲动。我坐在麦田边上，开始欣赏起月亮。

夜晚的麦田，像星空那样神秘，每一棵麦子都是独立的，它们不像白天那样，拥挤纠缠在一起，它们随着夜风在舞蹈，麦穗与麦穗互相击掌。无法辨别方位的虫、蛇、飞蛾等，在麦田里一刻也不安宁地行动，它们制造出的声响，是夏夜的洪流，让人无法忽视，我不敢加入它们的聚会当中，或者说，也不愿意打扰属于它们的自由，当天光亮起，农人手举着镰刀从不远处走来，那就是它们仓皇逃走的时刻。

村支书是一个不高不矮的胖子，冬天的时候会穿一件黄色的军大衣，夏天的时候则是一件白色印红字的背心。在他穿着黄色军大衣的季节，他带领一群人连续骚扰了我的几个叔叔家，因为其中的一个叔叔超生，其他的家庭连坐，他们白天踹门，扛走了成袋的麦子，夜晚翻墙，吓哭了还在睡觉的孩子，在目睹这一幕幕之后，一颗“复仇”的种子就此种下，一个刚上四五年级的孩子，心里有了“君子报仇，十年不晚”这八个字，但我等不到十年了，在孩子的心中，十年太过遥远，也担心真的十年之后，一切都已忘却。

在麦田边上，待了大约半个小时后，我悻悻地往家走，那盒被手汗浸湿了的火柴，被顺手扔进了路边的小水沟里。之所以放弃点燃麦田，是因为预感到了，如果这片麦田化为灰烬，第二天的时候，就会有女人跪在旁边哭得死去活来，那不仅仅是一片麦田，也是一个人、一家人的命。

在不同的年龄段，都有朋友表达过，说在你身上看不到过去的痕迹，好像你的心里没有什么恨意。他们不知道，我在很小的时候，就找到了消解恨意的办法，这办法没法分享，因为它来自天与地，来自星空与露水，来自一万亩麦田，如果这么告诉别人的话，多少都显得有些玄学。

几年前，三叔的宅基地被村里征用了，新的村支书（老村支书的儿子）答应补偿的新宅基地，一直没有兑现，三叔给我打电话："他耍无赖，怎么办？"那天晚上我喝了点酒，拨通了村支书的手机，村支书说我多管闲事，我说这事你既然承诺了，要是不办到的话，别怪我对你不客气，他说怎么个不客气法？我说等我回去时，把你家麦田一把火点了，他哈哈大笑起来，说老同学，我不信你能做出这样的事来，刚才和你开玩笑，三叔的宅基地，一定会办的，放心。

时隔多年之后，我终于在口头上，把村支书家的麦田"烧"了一次。

4

第一次带女朋友去麦田的时候，是割麦子的季节，家人给了她一把镰刀，这是打算考验一下，她是否具备成为"媳妇"的素质，她走进麦田，手握镰刀，割了十几棵麦子，就说哎呀太阳太毒了，我要晕倒了，于是，在一家人狐疑的眼光和个别同辈人的哈哈大笑中，我带着她狼狈而逃。

为了和她结婚，也为了自己不再种地，我们这一逃就逃得远远的。在城市里，我身上的"疾病"不治而愈，不再晕车，胃不再痛，头也不再发昏。我坐在高耸入云的写字楼里，写一写有关乡村与农业的文章，把它们写得清新、生动、富有想象力，但一个字都没有写到麦田里滚烫的热浪，藏在衣服深处的麦芒断刺，打麦以及扬麦时糊住整个口鼻的灰尘。

麦田，被我诗意化了。就像很多逃离了土地的人所做的那样，辛苦的记忆在慢慢地被淡化，取而代之的，是惆怅的回忆，是淡淡的向往，是想重新走回去再握一把镰刀的冲动——这真的是一个说不好是好是坏的“诅咒”，它如影随形，最好的做法，是点一把“火”把那些记忆全部“烧”掉。

我被城市驯化成了另外一种人。出门见人的时候，要穿正式的衣服。乘坐地铁的时候，知道站在第几个候车位，才不至于太拥挤。在散发着香水味道的商场里，对两侧的奢侈品店视而不见，不再自惭形秽。去看几万人的演唱会，也去酒吧看小型的演出。笨拙地用叉子吃牛排，把红酒当成啤酒一饮而尽。看最流行的电影，知道网上刚刚兴起的流行语。用最新款的智能手机，每天接受无边无际扑面而来的信息暴雨……

但是，三叔的电话打来之后，无论在白天还是夜晚的梦里，“燃烧的麦田”这个意象，一直在我脑海里盘桓不去，只是已经没有火光冲天的景象，剩下的只是一片黑乎乎又潮湿的画面，土地经过大火的烧烤以及雨水的降温之后，如同蒸煮过的纱布，软趴趴的，风吹过来，没有任何的烟灰浮动，但空气里分明有烟灰的气味在飘荡。

我是一株幸存的麦子。在大火发生之前拔腿而走。在提心吊胆地活过一二十年之后，这株麦子没有变瘦也没有变肥，没有成熟也没有枯萎，没有扎根繁衍也没有变成别的植物，依然是一株麦子。

一株麦子与一场大火之间，有着物理上的距离，但也有着宿命中的关系。麦子不会渴望自己燃烧起来，但没法保证麦田不会被一把火点着。被收割的麦子，游走他乡的麦子，进入谷仓的麦子，都是没有脚的，他们没法再通过步行的方式，走回到自己最初萌芽的地方。

况且，麦田已烧。最后的一个理由，已没。

酗酒者与故乡

1

我觉得我会“死”在故乡的酒桌上。

之所以给死打上引号，是觉得不会真死，是假死，是夸张，是抗议，也是妥协。酒桌上的“死”其实有一个文雅的说法，叫“舍命陪君子”。

严格说来，我并不算是酗酒者，在外省的日子，已经几乎不参加酒局，每个月，顶多和多年老友喝一两场酒，平时在家里，喝的那点量，可以用“浅尝辄止”来形容。

在社交媒体上，偶尔看到有陌生网友在点评我的一篇文章时顺口说道：“这个人和×××一样，爱喝酒，也爱写喝酒的文章。”才惊觉，不知不觉间，可能已经给人留下了“酗酒者”的印象。静下心来，想了一下，酒，还真是属于我的一个关键词，它尤其频繁地出现于我写故乡的那些文字里。

虎年春节在故乡的十六天里，喝了二十四场酒。其实大醉也不过四五次，剩下的都是小醉甚至是微醺。但是身体承受不了这样的连续作战了，每天的酒味和烟味在浸泡着这具四十多岁的躯体，晚上洗澡的时候，加倍使用了洗发水、沐浴露，想把这味道洗掉，但无济于事。

有一晚宿醉，临近天亮的时候，做了一个梦。梦里，我变成了山林里的一棵树。杨树，白桦树，栗子树，不知道，反正是一种树，长得不高，但整齐，整齐得像庄稼或韭菜似的，像拉了标准尺裁好似的。

在梦里，有来自半空中一个既柔和又威严的声音跟我说，别动啊，就待在种下你的那个地方，别挪窝儿，老老实实的，挪窝儿的话，后果自负。我在梦里骂了一句脏话，但身体果然纹丝未动。我在梦里分身出来，瞅着床上躺着的这个醉而未醒的人冷笑一声，没想到你居然如此听话、乖巧。在故乡的人际序列里，永远保留着一个属于你的位置，无论你跑多远，只要回来，就只能在那个位置待着，要挪一下的念头，想都不要想，只要一挪动，就像多米诺骨牌倒了其中的一个，必然引起一连串的倒塌。我不敢挑战这个规律。

也不是不敢，是挑战了一二十年，发现没用。

做梦的那天早晨醒来之后，在客厅里大口大口地喝瓶装水，想加快身体内的循环，稀释血液里的酒精，并且暗暗发誓，今天绝对不出去喝酒了。结果没到中午十一点，手机电话铃声响了。

2

我的酒量是在十七岁那年练出来的，以“酒精中毒”的方式。第一次喝酒发生在与工友下班后的一次聚餐中，是的，那时候我已经开始在一家漂白粉厂打工。

“可以穷，但不可以穷得喝不起酒。”在我故乡的男性群体中间，一直盛行这样一种观念。女性群体自然对经常喝得烂醉的男人们是持批评态度的，但多数时候都止步于“下次少喝点”这个分寸上，把家里喝多的男成员拖回家给盖上被子并倒上一茶缸白开水，算是最细心的照顾了。

十七岁可以挣钱是一件让家长觉得荣耀的事情，况且因为做的是重体力劳动，挣得还不少，经常有外人评价说：“年龄不大，每个月挣的工资，不比县长少。”于是，喝酒的理由更充分了。第一次喝酒就喝掉了一整瓶白酒，然后回家整整躺了三天三夜。

那也是第一次感觉到，自己的人生被压缩，三天三夜的时间，仿佛被压缩成几个小时，闭上眼睛是一片雪白的梦境，睁开眼睛是一片雪白的房顶。

到底还是年轻好，三天之后，又是能扛起五十公斤重大包的汉子了。喝酒，自然从那个时候成了习惯，半斤觉不着，一斤是正常量，往往在前一天晚上喝完一斤酒之后，第二天毫发无损地起床去工作。

我是和四叔一起在漂白粉厂当工人的。四叔是老实人，他也爱喝酒，也常一斤一斤地喝。我发现酒是老实人的安慰剂，喝了酒之后的老实人，敢说话，会说话，能表达，且精准无比，妙语连珠。酒醒之后，老实人又变成了老实人。

四叔一生老实，但在他接近我现在这个年龄的时候，不老实了一回，他离家出走了。他在全国各地晃荡，从小城市到乡村，他寻找、探望他那些不知道通过什么渠道认识的朋友，我脑海里时常浮现他拎着酒瓶子穿过田野的画面，最后他的生命止步于五十岁，我再也没机会与他喝酒。

每次回到故乡，总是能听到认识或者有过一面之缘的人死于酒精的故事。这几年谈到最多的，是初中的同班班长。班长上学时大我们几岁，在我们还是懵懂少年模样的时候，他就已经基本具备青年英俊潇洒的外形了。因为自知相距甚远，无论上学时还是毕业后，我都与班长没打过什么交道。

有关他的消息，都是从酒桌上听来的。他上学时和哪位女同学“恋爱”过，他考上了师范学校，分配到了小学成了教师，因为教学出色且有管理能力被调到了教育局，成了一名年轻的干部。他是个口碑很好的人，只要别人有求于他，总是不遗余力地伸出援手，尤其是来自朋友、同学这一类人的求助，他更是甘为人梯。

在故乡，一个人会连着另外一个人，一件事会连着另外一件事，而想要认识人、办成事，最好的办法是从一个酒桌到另外一个酒桌。对于班长，有关他的说法是，一年三百六十五天，起码有三百五十天他是在酒桌上，有时是为了工作喝酒，有时是为了帮人办事喝酒，终于有一天喝到得了不治之症，躺在了医院。他拒绝见所有人，在生命的最后时刻，还保持着自己能干的形象和一名“优秀者”的体面，他只愿意见与自己关系最好的一名同学，拉着同学的手泪如泉涌……

每每这位最后见到班长的同学讲起有关班长的事情，大家都会沉默一小会儿，然后端起酒杯，说一句“敬班长”，然后一饮而尽。

3

如果不离开故乡，我恐怕早已衰老在每天每晚的酒桌上。

二十二岁的时候，我在镇政府谋得了一份临时工的工作，斗胆请人去提亲，把和女朋友的地下“恋爱”关系转正。据说当时是中学教导主任的岳父对我的评价是，这个小伙子能喝酒还会写东西，还行，凑合同意了吧。

我是单枪匹马去完成婚姻缔结过程中“传启”这一仪式的。在岳父的村庄，他请来了自己的同辈和晚辈，我们一起喝酒。年轻且拘谨的我很快喝翻了，黄昏的山村在我的视线里掉了个个儿，我看见矮围墙外的干枯的玉米秸秆，清晰地闻到了远处袅袅传来的猪粪臭味，然后吐得昏天暗地。

后来听说，那天酒醉后我一直反复不停地在喊“打倒袁世凯，打倒袁世凯”。抱歉了，老袁，我们时空阻隔，也无任何间接影响或联系，你对我的婚姻也未形成阻挠，纯属躺枪。

我在镇政府有四舍五入每月两百元的临时工工资，加在一起年薪不过两千四百元，但一年下来在小饭馆里签单的欠账就有一千五百元，领导签单是可以报销的，我们临时工的签单只能自费，年终统一结账，如果不是时时有些稿费寄来，日子就没法过了，连喝酒的账都付不起。

故乡小城的年轻人，真是拿命在喝酒。因为喝酒引发的打架斗殴、致残死伤，每隔几天都会发生一例，能够在故乡喝过十多年酒未曾受伤并且还健健康康活着的人，堪称“幸运”。

我青少年时代的一个朋友，这二十多年来，从未有正儿八经的工作，一年有一大半时间闲着，但每天晚上都会出去喝酒，经常看见他把饭店、酒桌、酒瓶的图片或视频，发在朋友圈或者微信群里，我很好奇，为什么总是有人请他喝酒，但我也为我的好奇而惭愧——这是成了故乡的“陌生人”了，你年轻的时候一无所有，不也是每晚醉生梦死吗？

反感酒文化的人，觉得劝酒是展示权力的肌肉，无非是要分出个高低尊卑，这个说法我部分赞同，部分不同意。在故乡，喝酒很多时候并无目的，劝酒也只是一种本能的习惯，劝酒者有时候根本意识不到自己在做什么，只是觉得不劝一下不适合、不对劲而已。如果有当官的在酒桌上展示权力，没准会挨揍，我亲眼见过几次，有小领导被当场从酒桌上驱逐。

我返回故乡，从不劝酒，但也时常在没人劝的情况下，自己把自己喝醉了——不是因为酗酒，而是因为自己又掉进了一个轮回里，无法自拔，醉是唯一结局。

2000年，新世纪头一年到来的时候，我的那份临时工工作在政策原因下被取消了，出于谋生的需要，开始流浪外省。对于这一人生变化，我在不同时期有过不同的描述，比如被迫出走，比如背叛故乡，比如逃离陷阱……但离乡前最后那场酒，或更接近真相，那场酒我喝得酩酊大醉，抱着每一个给我送行的人痛哭失声，他们那次很奇怪地都没醉，从他们既想留住我又想把我往外推劝我别耽误了赶火车的拥抱来看，我得到的肢体语言解读是：走吧，走吧，好好干，不要再回来了。

4

有时候我觉得自己“厚颜”。尤其是近七八年来，返乡的次数越来越多，每年寒暑假，清明、五一、十一，以及家族里发生的婚丧嫁娶，都会成为回去的理由。每次回去，都与旧雨新知一场场地喝酒。

我其实在漫长的时间里，并不知道自己的离开与返回——这之间发生与改变了什么。潜意识里我一直在捍卫着“一切都没变”这个傻观念，并且在有的时候自欺欺人，并不会深想。我为自己返乡时一次次喝得稀里哗啦而痛苦，又为自己明明头痛欲裂却再次坐在酒桌上而后悔不迭。

我为过去同学的邀酒而感到压力倍增，一个同学说：“就是抬也要把你抬来，你可以不喝，躺酒桌边椅子上，看我们喝也行。”我为一位老友“喝酒你怎么怂成这样”的评价而伤心；我为曾经多次聚在一起的朋友悄无声息地远离而感到难过，并且把缘由归咎于自己身上——我没有主动地帮他一些他希望我帮的一点小忙，而我的借口是怕麻烦，以及内心并不情愿去做。

我不爱坐在酒桌主宾的位置上，在我的故乡，那是对客人的一种“身份尊贵”的认同。但每次我争抢坐在末席的行动最后都宣告失败，我说我不是客人，我想自在一点儿，我想为大家服务，端茶倒水开酒，顺便在耍赖喝酒“养鱼”的时候不被注意到，朋友们哈哈大笑，说“想法可以理解，但喝酒还是得按规矩来”。

我想拥有请客吃饭的“买单权”，二十年来我仅仅一两次为酒席结过账，这件事让我惭愧不已，其实我特别想像年轻时一个月赚两百块却愿意把它全花出去请人吃饭那样，似乎只有如此，才算真的回到故乡，被故乡接纳。可能我想错了，在当年送我去外省的朋友们看来，从离开的那一刻起，我已经不可能回来了，即便回来，也还会再离去，已经永远无法再重新扎根于此了。

我感动于故乡朋友的深情厚谊，也为无法再次成为“故乡人”内心有小小的失落与沮丧。我好几次说到，等我再奋斗十年就回来，咱们一起喝酒钓鱼散步养老，他们说，好好，还是老家好，等你回来。但碰杯的时候，他们总是说，祝你在外面鹏程万里。我没法鹏程，我早已羽翼疲惫。那故乡的风，那故乡的云，无法为我抹去创伤。

有些故乡的酒局，已经散了。因为我觉察到了酒桌上的无言，很多时候，聚在一起，不是主人愿意请酒，客人愿意喝酒，而只是大家觉得，有人自远方来，必然要接风洗尘——这不是真实的情感，而是一种酒桌文化或者说传统文化，但在这两种文化里，总是有一点沉重的难以言说的部分，我们有意无意地遮蔽了它。我把这“沉重”挖了出来，像看一件出土文物那样打量它，观察它，然后把它深深掩埋。

渐行渐远的亲爱的朋友，这无关对错，也无关情谊的亲密与疏远，属于我们的记忆财富已经被永久地保存，它不会像老酒那样挥发或者被喝掉，它只是永远地属于了岁月，属于了我们的年轻时代。我不会为这感到疼痛，当然，更不会为此觉得轻松，只是认为，这世界上已经没有什么是必须的，是应该的，当某种必须与应该成为负担的时候，就把它卸下来，这真的不算什么。

而现在还在进行着的故乡酒局，依然热闹，喝到高兴的时候会朗诵诗，会勾肩搭背倾诉衷肠，会一边说着不喝不喝了一边又把酒杯倒满，第二天在醉意中醒来，几乎不记得说了什么，问酒友，也会说忘记了，这很好，我在故乡找到了“一起老去”的感觉。

5

那天中午不到十一点就打电话来的，是故乡的老友孟哥，他年长我一轮，但交谈时经常彼此袒露心迹，可以谈到真问题。

孟哥在电话里说：“在家里炒了几个菜，都是家常菜，炖豆腐、辣椒炒鸡蛋、藕片、豆芽菜，你过来，咱哥俩说说话，谈谈心，不多喝。”我拎了一瓶酒就过去了。

孟哥和我住在同一个小区，他爱人和女儿趁着假期去百里之外的市里玩去了，一时半会儿回不来，恰好是呼朋唤友来家里喝酒的好时机。

这次确实就我们俩人，可以好好地谈谈文学。今年自从回老家后，一直没有机会谈文学，只要酒桌上超过五个人，就没法谈，只顾喝酒走程序去了，等到一轮轮地喝完酒，留给谈文学的时间不多了，大家拍拍屁股纷纷散去。

谈了一个多小时文学，渐入佳境，我对孟哥提出了自己的困惑：如何摆脱酒局的“控制”，舒舒服服地在故乡度个假，清清爽爽地过个年。孟哥微微一笑，说：“难道你不是享受其中吗，荣归故里，酒席主角，众星捧月……”

我说：“孟哥，打住，我明白了，等我想想。”想了一会儿后，我问孟哥：“您看过一部名字叫《杰出公民》的电影吗？”孟哥说没看过，我说那我可以给你讲讲这个故事：

丹尼尔·曼托瓦尼是一名沉默寡言的小说家，他获得了一项文学大奖，家乡在知道这一消息后，向定居大城市的他发出了邀请，对这一邀请他开始时犹豫不决，因为他对于“成功”有着矛盾而复杂的认识，并不觉得自己拥有了“成功者”的身份，但最终还是答应启动返乡之旅。

为了迎接丹尼尔，家乡为他立起了塑像，清扫了街道，准备了巡游花车，请镇上的“选美皇后”陪他完成了一次全镇巡游，拿到了家乡颁发给他的“杰出公民”勋章，对此他感到惶惶不安，只有回到旅馆的房间里，才能舒一口气。但更为紧张的情节发生在后面。

在家乡举办的一个绘画奖项评选中，丹尼尔拒绝为一幅作品投票，认为它并不符合头奖标准，也不愿意为作者发表评论，脾气暴躁的作者因此对他大为不满，言辞间充满攻击；一名父亲带着他残疾的儿子找到旅馆，希望丹尼尔赞助一辆高级轮椅，丹尼尔当即拒绝了这个要求，这名父亲在发了一通脾气之后摔门而去；旧情人的女儿推开旅馆房间的门，声称“爱”上了他，其实只是想要他带她离开小镇，并未发生的“桃色新闻”险些给丹尼尔带来杀身之祸……几天之后丹尼尔想趁夜色落荒而逃，结果被镇上人追杀到荒野，一声枪响之后，电影出现片尾字幕。

但这并不是故事结局，真正的结局很具“彩蛋”的特征：丹尼尔的新书《杰出公民》发布会上，有记者质疑他有意丑化自己的家乡，丹尼尔露出他肩上的伤疤，反问记者，你怎么知道这不是真的呢？

孟哥听完这个故事说：“我懂了，你在老家有个旧情人，她的女儿想让你带她离开这儿，放心吧，咱们国家禁枪，不会有人朝你开枪的，哈哈。”

我说：“不不不，我的意思是，和电影里的丹尼尔比，我只是个小角色，给人家提鞋都不配，远没到衣锦还乡的地步——可能这是我的追求，但现在还远着呢。况且，我回来除了一些老朋友知道，也没几个人当回事，所以，希望有人朝我开枪，是我‘梦想’要做到的一件事，而现在，我最大的梦想就是推门进来，大家正在喝酒，看到我，只是招招手打个招呼，没有任何人站起来，只是靠近门边的地方有人给我加了一个座，然后大家照常喝酒谈天，如果我喝好了，会悄无声息地离开，同样不会有人注意到我，更不会有人送我……”

说到这儿的时候，孟哥的爱人和女儿回家了，刚好这场两个人的酒局也该到了结束的时候，我寒暄了几句，起身告辞。

第二天中午醒来，我给孟哥打了个电话，他也刚从宿醉里醒来，我们不约而同地说，说着少喝少喝怎么又喝多了，真是酒鬼本色不改，下次坚决纠正。

我问孟哥："还记得昨天咱俩聊什么了？"

他说："年龄大了，记得说了很多话，但不记得说啥了。"

我说："我也不记得了。"

突然的沉默了的空气

1

居家第七天。找到电源线插头，通上电，垂下了那张一百二十寸的大银幕，这是块刚好把阳台窗户全部遮住的幕布，许多天不启用了，或许会有灰尘随着幕布下降的过程在空气中弥漫吧，客厅最亮的灯没打开，看不到。

打开了投影仪，耀眼的光线，在机器与幕布之间形成了一道逐渐扩大的光柱，机器在自动纠正矩形画面，然后自动对焦，给出一个罗列了各种App的界面，没找到我想要的那个软件，只好去下载。许久不曾下载新软件，折腾了一会儿登录账号与密码，中年人的记忆和手脚，真的是伶俐不起来了。

一切都是临时起意，好在心里并不焦急。四处寻找麦克风，忘记是塞到了酒柜里、书柜里，还是杂物柜里。麦克风买来之后，只用过一次，已经是两年前的事情。找到了，摘掉了毛茸茸的保护套，用酒精湿纸巾把它擦干净，备用。

选一首什么歌呢。用遥控器上上下下地翻检着，最后鼠标键的阴影，停留在一首歌的名字上，犹豫了一下，还是点了确认键：

突然的沉默了的空气
停在途上令人又再回望你
沾湿双眼渐红
难藏热暖及痛悲
多年情不知怎说起
在何地仍热切关心你
无尽长夜为陪伴我怀念你
……

这是叶倩文的《珍重》。2015年，导演贾樟柯拍摄的《山河故人》公映，电影引起了不少观众的讨论，也把一首歌从尘土中打捞出来，它就是《珍重》，它的粤语版出现于1990年叶倩文的同名专辑中。1990年啊，我是正上初中三年级的学生，没有遇到这首歌，即便遇到了，也听不懂，贾樟柯明白这帮中年人的心事，他把这首歌复活了，如果说叶倩文把它唱红了一次，那么贾樟柯又通过电影让它再红了一次。

不肯不可不忍不舍失去你
盼望世事总可有转机
牵手握手分手挥手讲再见

纵在两地一生也等你

……

明明是一首道别的歌，却有段落写出了约定的意味；明明是说完珍重之后各自天涯的永别，却说出“也等你”这样的坚定愿望。这首歌里的矛盾重重，千转百回，藕断丝连，恐怕才是它被贾樟柯选中的原因吧。

一把年纪了，谁还好意思唱情歌呢，好在《珍重》不是情歌，它是一首关于时间的歌，时间是个好东西，可以给一切羞涩的、直白的、赤裸的东西，蒙上一层磨砂般的效果，让人躲在后面，假借感慨时间、歌咏岁月，来抒发一些难以启齿的情感。

《山河故人》的电影海报上，有过一句宣传语，“每个人只能陪你走一段路”，这不是贾樟柯的原创，但至于是谁先说的，也无可查证了，它原本的鸡汤味太浓，好好的一句话，从一个人口中说出，好像这个人立刻“不正经”起来。但在贾樟柯的电影之后，这句话仿佛被重新打磨过一样，变得有沉淀、有分量、有哲学意味起来。

“突然的沉默了的空气……”在“突然的”这三个字从麦克风输送往蓝牙音箱的线路上时，我的声音戛然而止，因为嗓子有些干涩，发音也不在音调上，最为重要的是，我根本不会粤语，“突然的”三个字，就像三粒石子掉在了干燥的水泥地面上，弹了几厘米高又落下，细微的摩擦声音虽谈不上刺耳，但让人失去继续下去的愿望。

好在房间里只有大银幕反射出来的光，角落里是昏暗的，伴唱的音乐在不大的客厅中四处碰壁又汇合在一起，空气是沉默的，沉默得让人尴尬。

为了掩饰这尴尬，我从躺着的沙发中坐了起来，试图站着再跟唱几句，但没有办法继续，嗓子里仍然没法再发出声音，不仅如此，手也不知道往哪里放——这是老毛病了，每次拍照或者唱歌的时候，总是有一双无处安放的手。

我绕到半人高的储物柜后面，把胳膊肘架在柜面上，想让自己放松下来。双手捧着话筒，并努力靠近它，嘴唇触到了话筒的金属表面，那种铁丝网编织的话筒，有一丝冰凉的意味。

2

该怎么去形容青年时光呢？我发现自己很少去认真回味年轻。不少人都觉得自己的年代乏善可陈，没有多少故事可讲。所以，真的是有人直接从少年跨越到中年的，因为属于青年的那十几年，过得过于匆忙、茫然、不知所措。青年留给一个人的最深刻的回忆，有时候不过是一双无处安放的手。

青年在某一个时刻，会散发出青铜般的色泽，以及青铜般的味道。如果说少年是玉、中年似铁、老年如木，那么青年就是铜。青铜有美好的一面，比如不停地擦拭，会把它变得光亮。青铜也比较好塑造，可以有好看的形状。但青铜由于缺乏足够的硬度，容易掺进杂质，放置于一个潮湿的环境里，用不了多久，也会散发出腐败的气息。

得到这样一个认知，源于1996年我行走于一座地处深山的县城街头，那时我作为一名民办职业中专学校临时聘用的老师，孤身一人前来这里招生。那年我刚好二十岁，对如何做一名青年体会不深，还没有从少年时代真正走出来，就一把被推到了“青年与社会”这两个概念的一个交叉地带——简单地说，就是既没有青年的心态，也没有进入社会的心理准备。

我记得校长把我叫进他的办公室里，对我说，虽然你呢，还有一年才毕业，但是我们学校正在扩招，特别需要老师，所以你要不要考虑，暂时带带课？表现好的话，可以签合同，长期留校当老师。我没有拒绝的理由，因为潜意识告诉我，是时候该打破脆弱的玉的状态，去做一块被风吹雨打的铜了。

从办公室到教室的那段路特别漫长，但上课铃已响，一名二十岁的“青年教师”迈上他人生中的第一个讲台，推门进去，台下是年龄相近的同龄人，多数是陌生的，熟悉的几位，坐在最后一排，恶作剧地开始鼓掌。我在黑板上写下一行字，“×××诗歌作品欣赏”，这不是教科书里的内容，因为来不及备课，就把当时喜欢的一个诗人的作品，拿来当第一课的内容了。

能感觉到，台下的人听得津津有味，或者说，他们在听我讲什么的时候，也在欣赏一名年轻人的不安与忐忑。准备了四十五分钟的内容，刚过了二十五分钟的时候，就讲完了，我在台上寂静了接近三十秒，然后说，朋友们，我们一起唱一首歌吧：

我听到传来的谁的声音
像那梦里呜咽中的小河
我看到远去的谁的步伐

遮住告别时哀伤的眼神
不明白的是为何你情愿
让风尘刻画你的样子
就像早已忘情的世界
曾经拥有你的名字我的声音
……

那是罗大佑发表于1988年的《你的样子》，1989年杜琪峰导演、周润发与张艾嘉等主演的《阿郎的故事》国语版采用它当了片尾曲，通过录音带和录像厅，我听到并学会了《你的样子》这首歌。对于20世纪90年代的小镇青年来说，罗大佑还是一个距离显得稍远的歌手，他的歌词里，有属于一个少年或者刚跨入青年门槛的人所听不懂的东西。相比之下，郑智化反而更通俗一些。

在上完这一堂课不久，我便被丢到那个深山的县城里，要待二十多天，和教育局联系，得到招生许可，把印刷好的招生广告，一张张贴到墙壁或者电线杆上，这些工作要在夜晚完成，因为白天的时间，要守在宾馆的房间里，等待上门咨询的学生。

在完成任务就要离开那座县城的最后一个夜晚，我喝了一点酒之后在街头闲逛的时候，已经到了晚上九点多钟，夏末夜晚的这个时间段已经有了些微凉，穿过十字街头的时候甚至会错觉初秋已至。恰是这被误读的“秋风”，提起了我的兴致，于是在这个别人的小城我开始慢跑。

跑过两三个十字街头的时候，看见街边有人在慢慢收拾整理着手里细细的电缆线，那是一个简单的街头卡拉OK摊点，摊前已经空无一人，只有闪烁的电视屏幕，黑漆漆的音箱在夜风里沉默如石头，我对老板说，来，帮我点一首歌吧，他半信半疑地看着我，得到我再次坚决的重复后他松开手，细细的电缆线瘫倒在地上，他扭开了音箱的开关，一阵轻微的噪声向街区与夜空扩散而去。

那个晚上我知道，自己其实是会唱粤语歌的，只是很少，或者说，能唱得好的，只有一首。语言这种事，重在学习也重在模仿，如果你反复模仿一首歌的唱法，先读懂歌词，再熟悉旋律，然后去研究吐字发音，最后再去揣摩情感，花上几天甚至几周的时间，也是可以唱好的，我在KTV里，就见过不少把粤语歌唱得淋漓尽致的北方佬。

在这美丽的夜里
等你等到我心碎
怎么不见旧爱侣
问问为何我空虚
是我错失的字句
把你伤透我不对
今晚请你念过去
来将心窝占据
……

这首歌是张学友《等你等到我心痛》的粤语版，是我唯一用粤语唱得比普通话版更舒服的粤语歌，空荡荡的街头，除了老板之外没有任何一个听众，那是我真正最用心地、无比投入地唱一首歌。不，那晚的风是听众，几公里之外的远山也是，街灯从远处一盏盏地灭了，我的心却被一些说不清的东西充斥着，我想，唱完这首歌之后，无论再遇到什么，我都不会怕了。

把话筒交还给老板，转身走向酒店的路上，月光从高空洒下来，我觉得自己身体的"青铜"成分开始挥发了，我很抱歉那股属于青铜的气味，被抛弃在那个午夜小城的街道上，为了让那股气味消失得更快些，我从人行道跑进了主车道。

夜晚的主车道车辆极少，现在回想起来，那个时刻我脑海里浮现出一个形象，这个形象近似于公元前4世纪，希腊雕塑家利西波斯的青铜马作品——躯体上的擦痕，勒进肉中的缰绳，但这些都愈加使得它全身的金色更加引人注目，这是一匹黄金般的马，它青铜的马蹄，一脚踏进了黄金的湖泊，再次跃出时，便是这般颜色。

3

北京东三环有个叫亮马桥的地方，那儿有一家凯宾斯基酒店，从三环主路下来，经过这家饭店，转过弯之后，有好几家KTV。2004到2008年的时候，经常在许多个夜晚，我喝醉了酒之后，坐着不同的车，被拉到这些KTV里唱歌，倾斜的汽车座位，默默地拥抱着一个醉鬼，他的醉眼蒙眬里，反射着三环高架桥桥体装饰灯带跳跃的光。

有一段时间，我总怀想自己有没有过一段荒唐的岁月，想来想去，觉得那几年算是。当然，虽然觉得荒唐，但也有点庆幸与珍贵的意思，庆幸那时还年轻。

一个男人最该荒唐的年龄段，应该就是二十八岁到三十五岁这一年龄段。二十八岁之前太年轻，没法去兼容接触到社会上各个年龄段的人，容易愤世嫉俗，因为看不惯某人就摔杯而去，三十五岁之后，眼睛能隐约看见将要登陆的“不惑”之岸了，心里的厌倦逐渐地涨潮，一旦潮水没过了堤岸，就永无再投身其中的欲望。人生中，恰恰有那么几年，是可以张狂的、随波逐流的、空虚的。

初入中年，或许就是这样吧。对中年没有什么确切的概念，只是莫名在内心对自己有一种厌弃感，这种厌弃感是对青年时期的一种否定，也是对“未来无意义”的一种认同。这样的中年需要酒的浇灌，需要在酒与彩色射灯制造的变形世界里，找到晕眩过后的那种长久而平静的安宁。据说酒醉后的清晨，除了有宿醉所带来的难受之外，内心会有微小的喜悦感，据说这种喜悦感是身体重启后的一种反应，类似于手机重启后自动清除了系统垃圾，可以更轻灵地运转。

在KTV里主要有三个年龄层次的人，一是五六十岁的“老头儿”，他们通常是酒后娱乐活动的组织者和发起者，更多时候也是买单者，二是我们这帮三十岁上下的说青年不是青年、说中年不到中年的人，还有一种是二十岁露头的小伙子和小姑娘们——他们通常会承包点唱机的前半个小时，当年龄更大一些的“麦霸”站出来之后，他们就聚到桌子那里玩游戏喝酒聊天去了，至于“老头儿”，他们一般不拿麦克风，但会给中年人伴唱，在屋子中间跳过去年代的舞蹈……

我只能一再地让你相信我
总是有人牵着我的手让我跟你走
在你身后
人们传说中的苍凉的远方
你和你的爱情在四季传唱
我恨我不能交给爱人的生命
我恨我不能带来幸福的旋律
我只能给你一间小小的阁楼
一扇朝北的窗
让你望见星斗
……

每次去KTV，我都会唱这首老狼的歌，《流浪歌手的情人》，喝得酩酊大醉时，吐字不清，但如果没有酒意，又很难投入情感。所以，究竟要喝多少的酒，才能更合适地把歌唱好听呢？我和酒友们，不断地商讨这个问题，但从来没有一次，真正寻找到过恰到好处的时候。我听过不少人在KTV里借别人的歌，把自己的故事唱得分外动听，一个人可能不敢在别的场合叙述自己，但当一屋子都是酒鬼的时候，有的人从声音到精神都分外清亮，他高于别人，他在天花板上，俯视众生，一曲歌罢，很多人鼓掌，多数都是礼貌性的，但总是不乏有人听进了心里去。

KTV里没有故事，人们在这里拥有最近的距离，却保持着在社会上所画出的鲜明界限，没人愿意去打破这种界限。大家因为各种各样的原因聚集在一个并不大的房间里，其实并非抱有过多的功利想法，这是一个神奇的空间，它提供给每一个人裸露灵魂的机会，但在结束之后，仿佛一切都没发生一样，一个人，不会因为在KTV里唱了一首歌，而给这个人带来什么样的命运改变。

比如一个机构里某个部门的总监，在拿到麦克风之后没有唱歌，而是用了长约一首歌的时间，把他的老板狠狠地骂了一顿，带有强烈冒犯意味的那种骂，所有人都默默地听着，没人去抢他的话筒，他的老板也没有，只是在接过话筒之后说了一句，他喝多了，大家多包涵，此后那位总监也没有被辞退，在后来的酒桌与KTV房间里，从来也没有人再提起这件事。

4

在商场、电影院、机场等一些场合的角落里，散落着一些“一个人的KTV”，类似于岗亭那样的设备，里面有一个带屏幕的机器，有一个圆形的转椅，有些年轻人会钻进去，举着话筒在那里唱歌，这样的“岗亭”密封得不错，再加上公共场合发出的其他噪声，所以根本听不到他们在唱什么。

1988年，我上初中二年级的时候，在街头卖磁带的音像摊闲逛，鬼使神差地买下了迈克尔·杰克逊的两盒盒带。那个年代的县城，几乎没有渠道听到外国歌，那两盒盒带在架子上，已经放了许久，塑料壳里的封面，已经被晒得发黄。我记得付出很少的一点钱之后，把那两盒盒带装进口袋里，骑着自行车飞快地跑回了家，在家里，我有一间比“一个人的KTV”大不了多少的房间，关紧房门，把录音机放到最大声，听迈克尔·杰克逊。

虽然一句也听不懂，但那是让我觉得震惊的音乐，一个素不相识的外国人，通过一卷细细的、黑色的、血管一样的载体，在诉说着他的哀伤、愤怒、祈求，他在他的歌里大声地喊，那是许多孩子想要做但不敢做的事情，许多孩子从童年到老年，终其一生都没有大声地嘶喊过一回，他们在足球场观众席上，在旷野里，在KTV里，都是那么文质彬彬。

四十多岁时，我带孩子去深山，看不见人影的时候，会跟他说，大声喊啊，你会听到山的回声，他不喊，于是我喊，拼尽了力气地喊，孩子看我，像看一个傻子。

我和迈克尔·杰克逊一起，在我十二岁的房间里一起呼喊，有时候我的门会被敲、被踹，但那扇门被死死地关住了，他们在房间外喊：这是什么“妖魔鬼怪”的声音？

当我穷困不堪时
告诉我你会支持我吗？
当我做错时，你会责骂我吗？
当我迷失时，你会找到我吗？
但是世人告诉我
是个男人就应该有信念
要能走走不通的路

要战斗到最后一秒

……

这是迈克尔·杰克逊的歌《你会守候在我身边吗》，这样的歌深情而平静，这怎么可能是“妖魔鬼怪”的声音？这是瀑布坠入深潭之后流向海河的声音，这声音会使人放松手脚，静静地躺于河面之上，任凭河水将自己带往任何一个方向。

我从未唱过迈克尔·杰克逊的歌，一次也没有，这很奇怪吧，喜欢一个歌手，却从来只听不唱。不知道KTV里有没有他的歌，应该是没有的，因为从来没有一个人在KTV里点唱过他的歌，有些歌是永远不会属于KTV的。

2009年6月26日，大约上午10点，我从北京通州区的家里开车前往朝阳区的公司，在京哈高速进京方向的道路上，听到收音机里播出消息：北京时间26日5点26分（洛杉矶当地时间25日14点26分），迈克尔·杰克逊因心脏病发作在洛杉矶的一家医院去世。

我把车开到紧急停车带，拉好手刹，抱着方向盘，待了几分钟，平缓了情绪之后，才能继续前行。那年我三十三岁，正式进入一个告别的年代，也慢慢熟悉了一言不发的告别方式。说什么呢，说什么都是苍白的。

2021年的冬天，在一个公园里，看见一名五十多岁的中年人，正举着手机直播自己唱歌——这已经是当下最常见的景观，他的面前没有听众，背后是一片在冬天仍然葱茏的冬青，那是他的舞台布景。

经过的时候，我停了下来，与他有了十多秒的对视，他也停止了歌唱，用观察的眼神打量着我，他唱的该不会是《珍重》吧，“突然的沉默了的空气……”

我向公园的河边走去，走得足够远了，才回头看他，他又全情投入在了手机摄像头所能涵盖的范围里，他在大声地唱。

那一会儿，我希望他能永远地这么唱下去。

诗人自远方来

1

一个诗人在20世纪90年代中期的某个秋天，从他的县城奔赴我的县城，不知道他是坐什么交通工具来的，那时候两个县城之间还没有通公交车，我也不记得他是不是骑着自行车而来。那个时候没有传呼机、手机，家里也没有家庭电话，可能是写信约好了某一天见面，信中我留下了住址，××县××镇××街道××××号。但我们碰面的地点却是稻田，我正在埋头收割金黄的稻子，他踉跄无声地站在了地头，我舒展腰身的时候，看见他正在向我走来，临近正午的阳光照射在他身上，留下一道长长的身影。

那个年代我们都是刚刚从少年跨入青年，在街上行走的时候，还带有少年的睥睨。在田地里劳动的时候，弯下的腰已经有了父辈的劳累痕迹，因为不停弯腰直腰，身体的疲乏会让内心深处发出悲伤的叹息，但在这声叹息即将吐露出口时，又会本能地选择咽下。诗人默默地走过田垄走进稻田，他右手持镰左手挽稻向前开始了收割，两个第一次见面的朋友，以田间劳动的形式完成了初次见面的礼仪。

为了迎接诗人朋友的到来，我进行了颇为隆重的准备，其中一个很重要的内容就是收集放在口袋里、箱子中、书页内的零钱，记得凑在一块儿差不多有一百多元人民币，在当年足够招待一位朋友在县城两三天的消费。收割完稻子的当晚，我请他在县工商局旁边的地摊大排档喝酒，一瓶简装的大曲将我们喝得天旋地转。后知后觉，等到两人抱着电线杆子呕吐的时候，才知道是喝了假酒。年轻时经常喝到假酒，身体消化与处理假酒的能力也强大，一般呕吐完几个小时之后就能清醒过来。

时间久远，每当想起诗人朋友，总是会第一个想到喝到的假酒。我们还曾有过另外一次酒局，那或是其后的第二个晚上，喝酒的地点转移到了电影院北边的大排档，这个大排档高档了一些，不再是地摊，而有了简陋的四方桌和凳子。大排档再向北是一个有红绿灯的十字路口，路北端是县委县政府驻地，之所以对这个方向有点儿印象，是因为他在喝酒的时候，时不时地往那个方向看。

在夜色即将接管暮色的那个瞬间，从红绿灯那里走来一个女子。和我们这些晃荡在社会上的无业青年不一样，女子穿着一身职业装，上下身颜色一致，整整齐齐的那种，她带着匆匆的行色，神情中带有一些焦虑，她在犹豫要不要在凳子上坐下来，最终还是以随时走开的姿势坐了半张凳子。诗人没有向我介绍她是谁，但我猜得出来那是他的女朋友——没有见过面的，信中的女朋友，我猜得出来他们有过密集的信件往来，在文字的暗语中，有过亲密的交流，我猜得出来他来到我们的县城，有一半的原因是要见这个女子一面。

我感觉到有一把无形的刀子，在锋利地切割着身边的空气，那些绵软如面包的空气在被切割之后，变成一块块巨大的长形空心砖，一块一块地把我们三个人分别砌在三个房间里。一时间，我分不清谁是不速之客。他，她，还是我？我清晰地感知到，有某种东西被打破了——不是现实介入了虚拟，就是虚拟介入了现实，不是热情冲刷了冷漠，就是冷漠淹没了热情。我对朋友的悲伤无动于衷，他带着醉意喊着她的名字："崔艳艳，艳艳，哦，艳艳。"他并不看着她的脸，也不与她的眼睛相互注视，他盯着自己的酒杯仿佛在向杯底人呼唤，那一刻我看见时光的旋涡，看见了平行时空，看见了量子纠缠，然后一切消失。我想我永远不会这么呢喃地喊一个女人的名字，哪怕爱她恨她，也要咬紧牙关。

2

时间久远，一个人不可能那么清楚地记得另外一个只有一面之缘的人的名字，所以那个女子的"崔艳艳"的名字，是我瞎编的，她是不是叫"李红红""张翠翠"？其实都差不多。但在我的诗人朋友眼里，是不一样的，那是在他心头上刻骨铭心的三个字，哪怕后来他的心坚如磐石，那三个字也磨灭不掉，对我这样随意更改他生命中一个特别重要的人的名字的行为，他一定是非常不愉快的。

管他愉快不愉快，反正刚和他认识的时候，我就表现出了自己的残忍一面。我毫不留情地戳穿了真相，那个艳艳，身上穿的是职业装，是制服，忘记了她穿的是邮电局的衣服，还是供电局的衣服，但在那个时代，有这么一身衣服穿在身上，就与无业青年之间，有了无法逾越的壁垒，爱情也没法打破它，诗歌就更不行了，或许时间再早一些还有可能，但那个时候诗歌已经开始不值钱，诗人显得更加潦倒，一个年轻的诗人，除了在喝完酒后尽情挥洒自己的痛苦之外，还有什么是他所富有的呢？

把诗人朋友送走之后，我坐在镇政府的办公室里，突然想要送他一份礼物。那会儿我在镇政府有一份临时工的工作，认识了同样年轻的一帮人，办公室旁边的打印室里有一位姓房的女孩，她敲起四通打印机来，手速非常快，因此领导交代的任务她总是能很快地完成，剩下的时间无所事事，便会对我们说，你们有什么东西，让我打印一下吧。于是我把诗人朋友随信寄来的诗，整理了三十来首，请她帮忙打印十份，小房很新奇，她在接过诗稿的时候眼睛发光，估计是每天输入领导发言稿太多的缘故，她对这种完全是另外一种形式的汉语，表现出十足的新鲜感和兴趣。

最初始的打印机，打印出的分行文字，还带有些铅字印刷的痕迹，略显粗糙的打印针，用均等的力量，把一行行诗句，戳在顶端带有圆孔的打印纸上，打印机“吱吱啦啦”地发出工作的声音，等待一卷纸打印完毕，一页页地整整齐齐地撕下来，双手握着一沓纸的两边，在桌面上顺齐，然后用订书机装订好，把同样打印出来的封面，用胶水糊在前面，一本诗集就这样打印出来了。我给诗人朋友寄了八本，剩下的两本，我一本，小房一本。

有一天我在办公室整理邮递员刚送来的报纸与信件，发现有写着我的名字的一封，打开来看，是艳艳寄来的，不晓得她是如何知道我的工作单位的，也不明白她为何要写这封信来。信的具体内容忘记了，很简单的一页纸，我没读完，就像烫了手一样地丢掉了它，我并没有把这封信寄给诗人朋友，只是在一次通信中，轻描淡写地说了这件事，诗人的敏感，使得他很快明白了我这么做的意思。

许多年之后，我偶然知道，诗人朋友在过去一二十年间，曾数次来过我的县城，当然那时候我已经离开了，和他一样在某个大城市过活，他从未说过为何来这个县城，但我知道他是奔着艳艳而来，早期的时候，艳艳拒绝见他，但这并不影响他在县城独自待上一个下午，到傍晚的时候，再回到他自己的县城，有时候时间太晚，他会在宾馆住上一晚。后来他开着最新款的宝马来了，也如愿地见到了艳艳，那会儿他已经是自己创办的公司的老总，但这又能改变什么呢，什么也改变不了，曾经年轻的诗人，曾经同样年轻的县城女孩，那时都已经两鬓见白，无论是谈论过去、现在、将来，都没多少可谈的，沉默必然带来尴尬，尴尬的次数多了，也就人远天涯近了。

3

诗人有钱了也不会快乐。我的诗人朋友在一线城市奋斗了十多年后终于出人头地。以前匮乏和缺少的东西，都陆陆续续地以成倍的方式弥补了回来。

但他依然会唉声叹气，常常会在三杯酒后，从肺腑的深处，深深地呼出一口气来，那口气经过喉咙的时候，被咽下去三分之二，但剩余的部分，仍然会转化成一声叹息。这样的叹息，在当年他帮我收割稻子的时候听到过，虽然叹息的声音一样，但包含的情感内容已经不一样，如果说那时的叹息，是一个年轻人在表达与命运抗争的无力的话，那么现在的叹息，则是说不清道不明的迷茫，或者说是一种看破红尘的感慨。

我比较烦这一点，有时候会忍不住粗鲁地劝阻，要叹气出门左转，到巷子里叹去，你还有什么可叹气的？他不像是装无辜的样子，辩解道，我叹气了吗？我没有啊？你哪只耳朵听到我叹气啦？

有些叹息，自己是听不到的，这些叹息，很多并非与我们的出身、成长、经历有关，它是一种精神的遗传，它来自土地、天气、命运，它是上述综合体混合之后形成的锤子，在人们的心里捣来捣去的结果，我们的父辈们习惯在出门劳作前先叹一口气，哪怕那天晴空万里，是足以让人欢欣的好天气，但不叹一口气，怎么开始这一整天呢。

诗人的叹气，在开始时还是有意控制、小心翼翼的，酒再喝多一些后，就长吁短叹起来，酒再多，叹息便成了落泪、哭泣。在被我讽刺打击久了之后，流泪的现象消失了，取而代之的，是愣成一尊雕像，任凭烟灰烧到手指，也不觉得疼的那种。那种发愣让人觉得心慌，一个活生生的人，为什么会在偶尔的一个片刻，活成雕像的姿态呢，我揣摩着这种状态，结果发现，自己也有变成雕像的嫌疑，于是赶紧放弃，换上一种天下无大事、太阳明天照常升起的淡然样子。

我的诗人朋友经常在过节或放假的时候，驱车独自一人前往我的县城，当然，他从来没有知会过我，要是我知道的话，肯定会告诉老家的朋友，招待他吃一顿饭。我猜他会开着车，在我们曾经喝酒的街头，一遍一遍地闲逛，县城里的大排档早已没有了，他去哪儿一醉方休？去哪儿买一瓶假酒，去喝出青春的味道？有没有一个女子，在红绿灯的远处犹豫着要不要走过来？

诗人酒醉后断断续续的叙述，隐约可以描摹出他在那个县城的样子：起初的时候，艳艳勉勉强强地来见他，遮遮掩掩地来见他，他们不是恋人，不是情人，不是同学，不是好友，这是一种特别奇怪的关系，没法再走近一步，理不顺，也斩不断。在尚且还算年轻的时候，他依然会念叨那个名字："艳艳，哦，艳艳。"像是诗人在写诗之前的酝酿，但没有一次例外，他接不出后边的词来。我想，艳艳除了沉默不语，能够对他说的最多的话就是"你走吧"，但这于事无补，他终归是要离开的，但还会再来。唯有时间这把剪刀，在他们中间裁裁剪剪。

诗人的精神，部分活在兵荒马乱的时代，匪徒袭来，满目疮痍，满城老幼，携手出逃，那个时候，她藏在地窖中，他从远方赶来，要把她带走……这样的一个想象出来的情境里，寻找是情，乱是诗，逃离是浪漫，但包括诗人在内，恐怕没有人再能被这样的乱世情结纠缠了，因为不必等到这样的情景复现，人的心境就已然遭遇了过多的兵荒马乱，早已厌恶了虚假的想象与空无的浪漫。

4

现在，我与诗人好像在价值观方面产生了严重的冲突。我们在少年时代互相写信、寄诗、每年相聚一两次所积累下来的友情，逐渐地产生了裂痕。中年之后，我们常在喝酒的时候吵起来，因为一些细小或宏大的事，当然，更多时候我用一个“评论家”的逻辑与言词，把他驳得体无完肤，诗人是无法参与辩论的，但诗人总是倔强而固执，永远无法被说服的。

这种冲突的根源，我后来想清楚了，如我一再告诉他的那样，人需要向前看，要遗忘，要从困扰的旋涡里走出来，别停在某处，把体会痛苦当成一个乐子，做人没必要通过体验痛苦来证实自己的存在；而他像村头古老的槐树一样，虽然也开花、落叶，但除此之外，姿态古老又迂腐，他不管这个世界变了没有、变化多大，都依然坚持着以前的那套理论。在讽刺他的时候，有时候我难免想，他也许是对的，可能是我不对。

今年夏天的时候，在故乡，他知晓我回乡之后，非常委婉地告诉我，他也在他老家的村庄。有关故乡我们也曾有过很多讨论，在他的父亲过世之后，有长达四五年的时间他不曾踏上故土，并且觉得自己永远不会回去。而我恰恰相反，不但每个季节都会返乡，而且归乡之意比过去任何一个阶段都更强烈。这导致一个状况，经常在他联系我的时候，他在一线城市，而我在故乡县城，上千里的距离，使得聚会的机会变得少之又少。

一切像流水一样缓缓而去。当我们意识到友情需要特意维护的时候，我选择了沉默。今年的这个夏季，本来我们有可能在故乡见面，但我们不约而同地选择了拒绝。人在孤独的时候会寻找亲人、朋友、故土，我想，要不是孤独到了极致，他是不愿意再次踏上他誓言不会再回的故乡的，那里曾给他留下太多不好的回忆，但人在到了某个年龄段的时候，除了故乡，竟然找不到更合适的地方安慰自己。

这个诗人许久没有把他写的诗发过来了。对他那些用苦心写出来的诗，我读过之后，有时候会回复几个字，有时候就不回复了。诗人坚持认为诗是不需要太多读者的，有几个人看过，无论喜不喜欢，都值得了。

又一年就要过去了，他还是一个诗人。

带你回故乡

1

你二十三岁了，个头一米八五，高过我近乎一头，体重七十五公斤，你在沙发上坐下来，能感觉整个沙发顿时下沉了几厘米，这个时候，同坐在沙发上的我，会往旁边躲一下，你个子高，我压力大。

你和辛巴（家里一只猫）一样，性情憨厚，性格沉稳，眼神无辜，在家中除了占地空间大之外，别无可挑剔之处，有时客厅通道或者厨房里遇到，两相躲避，通常是我让开，我不能骂你“小兔崽子”了，虽然我属兔，你也属兔。

我像你这个年龄的时候，性格和你完全相反，浮躁飘忽，浅薄易怒，心无定力，努力自我改造二三十年，本性难移。在你初中二年级进入青春叛逆期时，我们有过较量，你退让了，但我知道自己胜之不武。没多少人能在少年时打败自己的爹，但你知道，后来我一直鼓励你这么做。

上高中后你寄宿，进入大学后住校，从此我们很少交流，每月除了按时打钱，不再说话。我不觉得这有什么不对，也不会因此内疚，因为我陪伴过你的童年，在你幼儿时把你装在自行车筐里，沿着林荫大道骑行，在超市买一盒牛奶，看你喝掉，自己在边上假装很馋，在上小学时，持续三四年时间，每天晚上陪你聊天至少半个小时……我觉得自己尽到了父亲的责任，尽管用更高的标准看，还远远不够。

一个人的成长，完全没有伤痕是不可能的。我在少年时，在整个沉闷、压抑的家庭氛围里，孤独而倔强地向上生长，像石头缝里的杂草一样，有点风和阳光就好，遇到一点水的滋润，就是不小的恩情，可供生长很长时间。我难免会把过去的恶劣习惯，带到你的身边，还好，你竖起了一堵墙，挡住了。对父亲最好的反击，就是用自己的优秀，让他为自己的缺点感到羞赧。

想起你童年时，我对你讲的那些事：有些是夸夸其谈，把自己些许引以为傲的瞬间片刻，放大无数倍，吹牛；有些是讲述我们这个家族的苦难史，用开玩笑的口吻（但愿你早已忘记了那些）；有些是根据你提供的一个关键词，随口编一个童话故事；有些则是讲对一些历史人物与事件的看法，顺便教你如何看待并学会正直、平等、公正、客观……

庆幸自己有过这样一段陪伴你的时间，因为我没体验过，所以知道这么做的重要性，也相信我们在有冲突之后，你会想起这些，同时会想起，毕竟有好几次，我对你说过，对不起，爸爸脾气不好。说到这儿，想到你还没对我说过这三个字呢。不过没关系，我肚量比较大，再说，搜肠刮肚，也找不出什么值得你说抱歉的地方。

要是非得找，初中二年级时，在家里，因为学习上的事情我教训你，你冲上来要和我练摔跤，可惜那时你的身高和体重都不够，不然倒下的就是我了。不过，后来这件事，都已经是笑谈，在对那段往事数以几十遍的复述中，你被塑造成了一个挑战者的英雄形象，虽然我口头上不服，但仍然还是有几次不小心流露了自己的内心：父亲的权威就是用来挑战的，父亲的错误就是用来被打倒的，一个人成熟的关键标志之一就是，有一天可以与父亲平起平坐，推杯换盏。

2

2000年，五一假期期间，一辆绿皮火车在暮色中，从山东一个叫临沂的地方出发，清晨的时候，这辆火车会缓缓地停驻在北京站。

在这辆火车其中的一节车厢里，斜坐着一个还没醒酒的父亲，他整夜都在痛苦地不停地掐着自己的太阳穴。他带着为数不多的行李，其中最重的，是一包旧书。他旁边坐着一个忧虑重重的母亲，你的妈妈没出过这么远的门，不知那遥远的城市，有什么在等待着。她怀抱着你，记得出发那天，你来到这个人世间，刚满一百天。

你出生那年，我二十四岁，是一个年轻的父亲，一个莽撞的混蛋，一个今天吃饱不为明天忧愁的糊涂虫。在我回老家准备把自己连根拔走的时候，根本搞不清是开心、激动还是失落、悲伤。当你的妈妈在家中收拾好了行李翘首以盼的时候，我还在和县城里的朋友大喝特喝，醉得不省人事。如果时间重回，也许我会哪儿都不去，而是向尚且什么事都不懂的你，耐心地解释，我们为什么要离开这儿，为什么要走。

回乡接你的时候，我们已经有两个月没见。在院子里，你的奶奶把你送到我怀中，刚满月不久的你，一下子把头扎进我的脖子里，久久不愿抬起来。整个院子里的亲人们，那一刻都在为这个场面发笑，而我为你有这种对父亲的记忆，你如此亲昵的举动，还有父子之间这种神奇的联系，感到十分惊奇。可惜我没珍惜这样的时刻，没在你第一次离开家之前的那几天，更多地抱抱你，给你更多的安全感。在出发的最后一刻，我甚至还在家中的院子里，在亲人们的众目睽睽之下，大闹了一场，希望你没有目睹那个场面。

你在北京，慢慢长大。我每天骑着自行车，去十几公里外的写字楼上班，你每天在一个叫龙王堂的村子里，等我回家吃晚饭。下班路上，我会随手带一个西瓜或一瓶可乐回家，记得我们床底下，曾扔满了可乐瓶。周末的时候，我会带你去周边玩，出村的那条小道有些漫长，但每次经过，都觉得快乐。在村口的小桥转弯处，你坐在玩具车上，由于我在前面用绳子扯动的幅度有点大，你在那儿翻车了，搞得满脸都是土，回家用湿毛巾擦了许久，一张黑土脸，逐渐又变得白白的，一点划痕都没有，真是幸运。

我们去长城，去动物园，去石景山公园，在十渡的一个桥上用玩具剑比拼剑法，第一次忐忑地推开麦当劳的门……有一次在地坛公园庙会，一眼没看到，你消失了踪影，五分钟后，你又从天而降般地找到了我们，那五分钟，是世界上最漫长的五分钟。

初中时，你的学习成绩不理想，总是被叫家长，每次听到电话铃声响起，我都会心惊肉跳，担心打来电话的是班主任。多年之后，你解释了当时没心思学习的原因，说班里气氛压抑，总有同学打小报告，你融入不进去。但在当时，你一句话也不说，从不解释自己不爱学习的原因，如果那时我们都多一点勇气，或许可以换一个学校试试。

整个初中时期，是我们关系最紧张的时候，这一点，在你中考后到达一个峰值，因为分数低，你面临着失去上高中的机会。那个夏天，我独自跑了北京以及周边的多个区县，有时会开车拉着你去参加考试。后来终于找到一家可以接收你的私立学校，但你对此好像并不开心，被录取后去缴学费的路上，我对你说了一句狠话："这是最后一次为你的事操心，以后要靠你自己了。"

好在，新的高中，让你找到了学习的办法，有一次你把黑板上的考试成绩排名，拍照发给了我，我从照片的最下面开始找，一直找到第一名的位置，才发现是你的名字，那个瞬间，我比挣了一百万还开心。

3

也许有一次，你真的感受到了，我不愿再为你的事操心这句话，是真的。2021年，疫情进入第二年，纷乱的信息，停滞的生活，让人处于麻木的状态，我也是第一次意识到，大脑已经没法像以前那样，可以高速运转，同时处理太多的事情。我对你说，你长大了，有些事情，就自己面对和决定吧。

那一次的事情，发生在暑假前，你说准备给自己的眼睛做一个手术，解决近视的问题。我说好，你自己找医院，联系医生，自己去完成这个简单的小手术，我只负责支付费用，家离学校虽然只有几十公里，但中间时常堵车几个小时，我不能陪你去做这些事情了。这是你第一次处理比较重大的事件，我能觉察到你有一些不自信，但很快你接受了自己要独立的现实，转而去计划和筹备。

你把自己搜集到的一些信息，通过微信发给我，包括医院的名称，和医生的聊天截图，手术日期的安排，手术费用的支出等。发过来的每一条信息，都会在几分钟内被我否决——医院不靠谱，网上有不少对它的投诉，医生不可以加患者的微信，更不可以在聊天中进行错误的引导，手术费用高昂不合理……这些判断，通过社会经验可以得到，通过常识也可以得到，这些，你暂时还不具备。

我给你联系了公立的知名医院，找到了主刀医生，问清楚了整个就诊程序和注意事项。在暑假到来后，我开着车，带你去检查、手术、复检，跨省往返，每次上百公里。在车里，那是我们近年少有的相处空间，有时候长久地不说话，有时候会聊一些日常话题，但能明显感觉到，你不再是一个高中生，第一次有了成年人的语气和思考。

长大了，有了自己的翅膀，就要去飞，家是大后方，随时可以回来。但没想到，在2022年夏天到来之前，你会面临有家不能回的窘境。这一年，疫情状况使得北京与我们居住的小镇之间，通勤路线被阻断，最长的一段时间，长达近两个月。你在毕业后实习的影视公司那里，刚刚得到了转正机会，但因为公司倒闭而失业，被困在北京。

两个月的时间，你独自一个人生活，吃外卖和方便面，喝超市买的矿泉水。大多数时间，一个人待在房间里，每隔几天，和我们视频通话一次。通过视频，你看见上网课的妹妹，家里顽皮的猫，餐桌上热腾腾的饭菜，你不说什么，但相信没有哪次经历，能像这次，让你明白家的意义。“回家”，那个时间段里，成为一家四口人的最大盼望。

每天都在焦虑地等待，不停搜索两地的政策，期望能等到某天，突然打开一个“窗口”，让两边的人可以流动。等待的时间里，不止一次想，这次你回家后，一定不给你压力。在家读读书吧，父亲还有能力养活你。旅游恢复了，多到外面看一看，见识一下陌生的地方，领略一些新鲜的风景，充实一下自己的内心。我从小就是野孩子，深山荒野，坟地老宅，去哪儿都胆大包天。如今变得懦弱胆怯，是因为觉察到了，自己是有“软肋”的人，可我期望你能够野一些，没有野过的青春岁月，算什么呢。

我清楚地记得，那天是六一儿童节，你获得了“绿码”，可以回家。担心夜长梦多，商量之后，让你立刻出发，我去检查站这端接你。在路上，每隔几分钟、十几分钟，就会与你联络一次，是否坐上公交车了，下车后找不到出租车是否可以扫到共享单车，有一个检查站检查比较严，有人被劝返，而另外一个检查站则相对松一些，我给你发了另一个检查站的定位，让你下了公交车后骑自行车去那里。

你没有回复，失去消息长达半个多小时。我感觉自己犯了焦虑症，在路边来回走动，手在微微发抖，没法停下来。远处临时设置的检查大棚，还有几把遮阳伞，在刺眼的阳光照射下，仿佛笼罩了一层白色波纹。过来的人并不多，但每一个人停留在大棚或者遮阳伞下的时间都挺长。我拦住一个背着双肩包的年轻人问，请问可以顺利地过来吗？他点了点头表示可以，就匆匆走了。

在十几个人路过后，你终于从远处向我走来，看见我后对我挥了挥手。碰面后你对我解释说，骑共享单车和接受检查时，不方便发信息和打电话。我想发火，但瞬间还是把火气压了下去，这可是盼了两个月才能见到的人。

那天接你回家，骑的是一辆电动自行车。你坐上后座之后，自行车顿时被压低不少，动力也显得极为不足，行驶时有点喘不过气的感觉。我把油门拧到最大，父子俩一路欢快地交谈，就这样缓慢地向家中奔去。

4

“想家吗？”“回家吗？”“什么时候回家？”……这么多年来，这样的问话，频繁发生在我们的交流中。在你看来，父母在哪里，哪里就是家，而在我看来，“家”是一个复杂的概念，远远不是一个可以舒服地吃饭、洗澡、睡觉的地方。

我在的地方，是你的家。而我的家，则在千里之外的一个县城。那个家，我们每年过春节的时候会回去，风雨无阻，就算买不到火车票，挤上去补一张站票也要回去。你的童年时期，就有好几次，是被我们抱着，一夜站在火车过道里，才得以回到你出生的那个地方。

你出生的地方，却是你的陌生之地。毕竟你才刚满一百天，就离开了那里，一年当中，也只有春节的那几天才会回去。小时候，你不喜欢回老家，说老家没有暖气，太冷，说村子里都是猪粪、牛粪的味道，说地上都是羊屎粒子。我记得有一次带你一起去祖坟上坟，你看见路上曲线排列的黑豆似的羊屎粒子之后，一下子跃上我的后背，再也不肯下来。

对于你来说，上坟是一件挺讨厌的事情吧。对我何尝又不是呢。且不说小时候不喜欢上坟，成年后也不想，每次从县城去偏僻乡村的祖坟上坟，都是一次艰难的考验，每次上完坟离开，都有如释重负的感觉。但是，又怎么能不去呢？那些埋在土下的人，是我们的亲人，是我们的来路，逢年过节的时候，怎能忍心他们的坟头，孤孤零零……

所以，每次回乡，都会带你去上坟。幼时你不懂，抱着也便去了。上初中时你不想去，被呵斥一句也就不情愿地跟着去了。我知道，现在你依然是不愿意去的，只是，这已经成为习惯，你会沉默地跟随着我们，不说什么，也不抱怨。

今年夏天，雨水过后，庄稼疯长，我们穿过一片稀薄的烂泥地，去祖坟上坟，没有道路可走，田埂都被泡得软绵绵的，失去了形状，要踩在成团的野草身上，人才不会陷下去，阔大的玉米叶子，在拉扯着人的胳膊，长长的豆苗枝蔓，想要捆住人的裤腿，我还没走几十米，就一脚踏进了泥坑里，再拔出脚来，鞋子已经变成了“黑泥鳅”。

我提醒着你，注意一点，但纵然是武林高手，也没法片叶不沾身地穿过这片烂泥地。你比我多坚持了几十米，还是一个趔趄，脚踩进泥坑，手也按进了脏泥里，那一瞬间你有些崩溃，但仍然咬牙不说。你“呼哧呼哧”喘着粗气，那是无法发泄的愤怒，你像个被惹急了的孩子。放在以前，我会教训你几句，但这次，我的脾气明显变好了，只是用很柔和的声音跟你说，这是没有办法避免的，下次我们再来，带着长筒雨靴。

上完坟后，回到三叔的院子里，我打来一盆清水，让你脱下鞋子洗脚，我去给你冲刷鞋子。洗鞋子我是高手，总是能洗得干干净净、片泥不沾。当你坐在凳子上，用脚后跟作为支撑，等着脚和腿晾干时，我拿来毛巾扔给你，让你擦干净，然后从口袋里摸出一张随身携带的消毒纸巾，蹲下来，给你腿上被擦出的细微血痕消毒，你的三叔在旁边笑吟吟地看着，突然说出了一句，大哥还像以前似的，对小孩照顾得这么细心……

你的三叔，是我的三弟，他也从当年的小毛头，成为现在两个孩子的爸爸。我看见你和他交谈的时候，已经有了亲人的感觉，和以前的状态不一样了。以前总是他们问一句你答一句，而现在，好像你更希望能和他们多聊一点什么，多了解一点什么。关于我们这个家庭，关于故乡的村子和县城，你仿佛产生了兴趣。

5

我又开始想那个老问题了，该怎么对你讲一个人的出生与成长、故乡与他乡、家与远方呢。也许不用讲了，这几年你读了不少书，应该自己找到了答案。

一个人，就该是这样，慢慢地去寻找所有自己关心的问题的答案。而一个父亲，在他觉察到自己老去的时候，就应该选择退后，把掌握方向盘的责任，交给他的后代。

我现在就是这样。在你拿到驾照后，再遇到酒局，我就可以放心地喝酒了，再也不用找代驾。无论在北京还是老家，喝完酒之后，我打开车后门，把鞋子脱掉，横着往座位上一躺，刷着手机听着歌，任你开车把我拉回家去。

躺在后座上的时候，心里很踏实、安宁，丝毫不担心你的驾驶水平。你能迅捷发现红绿灯的变化，知道什么时候踩油门和刹车最合理，从不开斗气车，也从不像我那样，有一只手握着方向盘另一只手放在档位上的坏毛病。

我还想，父亲在年轻时带孩子东奔西跑，孩子在长大后带父亲东奔西跑，这是多么顺理成章的一件事啊。只是，还有一件事我没想好，接下来的岁月，我们是停留原地，还是换一个地方，抑或带你回故乡生活？

那个县城，以前带你回去，是为了让你去爸爸长大的地方，走一走，看一看，顺便与那个地方建立一下感情。现在，如果我回去了，你不回去，那意味着在人生的又一程当中，我们要暂时地分开。可如果你也回去，可能我也是不甘心的。

不管那么多了，现在你有了自己人生的方向盘，你爱往哪里去，就往哪里去吧。

转瞬即逝

1

遇到四五岁的孩子，我会用一个游戏逗他们，找一个啤酒瓶盖，套在大拇指上，口中配合着动作念念有词：“一个小老头呀，在你面前出现了，在我身后不见了；一个小老头呀，在我身后不见了，在你面前出现了……”

那个瓶盖出现在小孩面前的时候，是套在竖起的大拇指上的，当大拇指向身后移动时，通过屈藏的手法，迅速把瓶盖窝在了掌心里，这样手再拿出来的时候，只剩下一个光秃秃的大拇指，整个过程费时不过零点几秒的时间，可谓电光石火。

小小孩童根本搞不清楚发生了什么，瞪大着好奇的眼睛愣神思考。长大一些且颇为聪明的娃，会绕到你屁股后面去找，但多数都是百寻不见，啃着手指盯看眼前的这个会变魔术的叔叔，百思不得其解，怀疑人生。

女儿六岁之前，我用这个游戏，陪她打发了不少无聊的时间。在她七岁时的某一天，当我又一次在客厅给她表演这个魔术的时候，她绕到我背后，抓住我的手掌掰开，一个巴掌把我手心里的瓶盖打到了电视机下面的地板上，看着那个叮当响几声、旋转几圈、最终倒地的瓶盖，我感到了一种莫名的惆怅，仿佛不是她的童年而是自己的童年，被这一巴掌结束了。

类似的惆怅，在去年初秋也发生过。当时处在疫情中，没法出小区，但是社区绿化带旁边，有一条细窄的台阶，可以通往近在咫尺的高速公路，那是留给维修工人使用的。我顺着台阶爬上了高速公路，在粗重的铁铸隔离栏杆上坐了一会儿。

当时大约为酉时，夕阳不再刺眼，鸡蛋黄的颜色刚刚上身。风微微凉，吹到脸上的风与高速公路上的风有点不一样，脸上感受的风，带着点暖，那是风的凉意与人皮肤的温度瞬间融合之后产生的，如同抚摸；高速公路上的风，带着点慵懒缱绻，像是没人搭理也不爱搭理别人的孩子。风在高速公路最中间的位置散着步，当它偶尔卷起路中间的一枚落叶时，我差点喊出声来，快离开那里啊，危险。

哪里有什么危险？半个多小时了，一辆车都没有，车都被封禁在十几公里外的检查站，所以那刻听不到鸣笛，听不到胎噪，没有透过车窗隐约传递出来的音乐声，自然更闻不到丝毫的汽油味……那一刻的高速公路，就像是一个世界的缩影，是的，世界在那刻就是细长条形的，虽然物理空间都在可视范围之内，但时光空间却仿佛被彻底打开，无限延伸向天际，在这样的情形下，人容易把自己的胡思乱想当成切身感受，比如向西看去，仿佛能看到神殿降临……

当我回过神来，身心会不由得轻微地激灵、颤抖，这已经超越了惆怅情绪的单薄与轻，味蕾上，有了伴随心灵震撼感同时而来的一股独有的铁锈味。

我把自己的身体，斜放在隔离围栏上，坐在那里，一条腿保持着支撑，另一条腿有节奏地晃荡着，如果这个时候还没法觉得自己是孤独一人，那还要等到什么时候呢？我抓紧时间释放自己内心的羊，让它们跑出去，跑到道路中间，继而再跑远，跑得越远越好，最好不要回来。

在我沉浸于这样的情绪中的时候，视线尽头，忽然看到一个转速起先很慢，后面却越来越快的“瓶盖”，就像当年从我手掌心飞出去的瓶盖一样，远远地向我跑来。我大吃一惊，觉得自己幻听幻视了，凝神回到现实的时候，感觉坐着的围栏开始有些震动，围栏的立桩处，有细微的沙尘在列队整齐地震颤，马路中间的风仿佛被惊吓到一样尖叫着跑开，整条公路由刚才的悠闲，立刻变得紧张起来，像士兵见到了将军，僵直了身体。

在我还没来得及从瞬间包围过来的各种信息中理出一个简单的头绪时，一辆车疾驰而过，对，一辆车，而不是一个瓶盖。我松了口气，我还在现实当中，但魂魄里有些部分，却像被带走一样，有些空落落的。两个成语在这个时候，不合时宜地冒了出来：乌飞兔走，跳丸日月。我觉得人生如此空无，一辆与我无关的汽车，不知道从哪驶来，又开往哪去，它与我的接触，不过几秒时间，却带给我如此巨大的启示或者说暗喻，记忆与时间，就这样混淆成河，而我是河中孤舟。

2

一部电影，有这样一个情节：男主角在一辆旧式汽车的司机位上，打开了一张字条，迅速地扫了一眼，然后移开了视线。不必担心，作为观众的经验会告诉我们，字条上的内容，一定会在那个瞬间，烙印般地刻在他的脑海里，敌人的严刑拷打，不会使他吐出半个字，但对于自己人，他却能连一个标点符号都不错地复述出来。在这之后，字条里的内容会至死陪伴，在带进坟墓的最后一秒，也不会遗忘。

他必须在最短的时间内毁掉那张字条，那不仅仅是条毫不起眼的纸张，那上面拴系着一场胜利或失败，与众多人的生死有关，他不能让那张字条“活着”，字条每多存活一秒钟，就意味着风险会以倍数甚至几何倍数增加。因此，他看都没看带来字条的同伴一眼，几乎以肌肉本能般的反应，从兜里掏出一只打火机，点燃了字条，看着字条烧起来的时候，能明显发现，他绷紧的身体，有点松弛了下来。

“阅后即焚”，是的，他使用的办法，王诩在《鬼谷子》之“摩篇”中谈过：“微摩之以其所欲，测而探之，内符必应。其应也，必有为之。故微而去之，是谓塞窌、匿端、隐貌、逃情，而人不知，故能成其事而无患。”这句话前半段，简而言之说的是要善于揣摩别人，后半段说的是，要擅长保密、掩盖、藏匿、逃避，如此才能在别人不知道的情况下，做成大事的同时不留隐患。

男主角就要有男主角的样子与力度，在字条燃烧至末端，将要炙烤到指尖的时候，他做了一个揉搓的动作，把尚且带有余火的灰烬，卷进了自己的手掌心，紧紧地攥了一下，用汗水的潮湿，将灰烬最后的热量吸收。

后来饰演这名男主角的演员说，那场戏，他拍了三次，用了三种不同的处理办法，最后觉得，“阅后即焚”后的最好处理方式，是不让任何灰落在地上，这样才更符合人物性格。这个角色的一生或长或短，都不影响“阅后即焚”成为他一辈子的高光时刻——有人为他而活，有人为他而死，而他则把“生死”揉搓于股掌之间，那个瞬间的使命感，足以让任何一个普通人拥有神性。

另一部电影，讲了这样一个故事：一个从劳改农场逃出来的犯人，紧紧追随着一个电影放映员，不是为了伤害而是为了保护。他驱赶着同样跟随在后的一个女孩，因为她试图偷走放映员的胶片，把胶片做成一盏胶片灯。他要保证电影如期放映，因为电影故事正片开始前，有一小段新闻简报，他的女儿在这段新闻简报中，出现了一秒钟。

被劳改犯“软绑架”于放映室的放映员，一个随时准备逃跑的狡黠胖子，用他的一双胖手熟练地把胶片夹进放映机里，一边放映，一边怀疑劳改犯女儿出现在画面中的真实性。劳改犯死死地盯住银幕，他找到了！一秒钟，的确是一秒钟，他的女儿作为先进典型上了电影。放映员在确认这个事实之后，半是讨好半是使坏地说，他可以把一秒钟变长，接下来，他通过一种特殊的放映技巧，使得那段胶片可以重复放映，于是劳改犯多了一个又一个一秒钟，当他入神地观看女儿的画面时，放映员溜了出去，报了案。

一秒钟在一个人一生的时间中所占比例不值一提，但有时候一秒钟就是一个人一生最重要的时刻，劳改犯知道自己逃跑出来被抓后，有可能再也无法见到女儿，所以他把那一秒钟当成他向女儿告别的最后机会，他女儿的画面出现一次，他就告别了一次，有句电影台词说，“人生最遗憾的，就是没来得及好好告别”，而拥有这一秒钟的劳改犯父亲，或许不再有遗憾，因为他与银幕上的女儿，好好地告了别。

心怀内疚的放映员，在劳改犯被抓走之前，偷偷往他手里塞了一个用旧报纸折叠的小方块，里面包着一格胶片，那是放映员从电影胶片上剪下来的二十四格中的其中一格，举起它对着太阳查看，父亲会见到他女儿永恒地停留在胶片中。可惜，他没有机会再看到了，在押送人员的推搡下，小纸包掉在了沙漠里，一阵风吹来，胶片被深埋于沙子之下，世界收回了那一秒钟，那一秒钟，从此不复存在。

点燃一张字条需要一秒钟，永生铭记或刹那遗忘也只需要一秒钟。时间越短，越尖锐，幸福感或者伤害性越强。如果不能理解瞬间的意义，也就无法体会永恒的滋味。

3

我在一个傍晚的时候下楼，从家里出发，顺着黄昏的风向走出小区，手里拎着一捆旧信，去给它们寻找“坟场”。经过小区门口物业公司门前的时候，看见一朵月季正在盛开，月季花旁边的雨水坑里，躺着一张旧报纸，变得软塌塌的旧报纸，仿佛往事的“尸骸”。

穿过马路，蹲在垃圾回收站那里，解开那捆旧信的塑料绳，它们无声地散落在了地上，只要眼神稍微聚焦，是可以清楚看到信封上的字迹的，但我并没有那么做，而是从口袋里摸出那盒火柴，已经拆过的信，没有必要再拆一次了，如果再拆，那些填写在横格或者方格里的字，就会再活过来，会让人不忍心，继而把它们收起，再次带回家中。

为什么要烧掉那些信？当时的心境与动机是模糊的，现在自然也无法追忆原因，或许只是心里一动，就付诸了行动。也许只有最美的句子才配得上火柴，只有最纯洁的躯体，才配拥有无瑕的划伤吧，那些信意味着过去，焚信，不意味着告别，这个动作，甚至带有永恒的味道。

在那一小段时间里，没有想起任何人，其实那刻我连自己具体是谁都不知道，可能只是内心的一种动力，驱使着我这么做。天还没黑，我脑海里，有一位牧羊人翻过了山坡，有一枚风筝坠落在树梢。不远处的黑夜，则像一枚黑色信封，里面装满了七级风……我想，那些信消失之后，就再也没有那么多的地址可以找寻了。

一个朋友去世的消息，或让我动了烧掉那些信的第一个念头。我的家乡自古就有这样的传统，一个人走了，他生前用过的物品，包括穿过的衣服，盖过的被子，等等，越是贴身的东西，越是要烧掉。这可以视为一场残忍的清除行动，也可以视为一种永恒的纪念，古人洒脱，对自身，对身外物，都有“随风而去”的态度，余词尽废，不应有爱恨，若有一天相聚，就当初相识也好。

一个二三十年前的笔友，把过去我写给她的一封信，拍成照片发给我，我放大了手机屏幕，看着那上面的字迹，潦草，生硬，像一堆散乱的树杈，信里的文字，幼稚，莽撞，藏着无奈与愤怒。她说那些信，她还收藏着。我开玩笑说，烧了吧，我都已经烧了。她觉得有点不可思议，她说，你变了，我观察你很久了，你变得太复杂，不像以前那么单纯了。我苦笑了一下，不知道该怎么回答。

在遗忘之前，先把遗忘给遗忘了。前些天和一个同龄朋友聊天，整个聊天过程里，发现忘记了许多东西，看过的某部电影的片名，共同认识的某一个人的姓名，某本优秀小说的作者和里面精彩的句子，等等，需要表达出来的时候，名字和记忆在舌尖上打转，却无法脱口而出。朋友说，他的家族有阿尔茨海默症遗传史，所以他才会在四十多岁的时候辞职，到一些向往的地方走走，做一些自己喜欢的事情，是不想给自己留下遗憾。他这么说的时候，十分平静。

我试图劝慰他，于是引用了一个挺励志的观点：据说可以把一件事专心致志做到很漂亮的人，记忆都不好，因为要集中注意力，无暇他顾。他说，就当你说的是真的吧。其实我们都知道，我们的年龄，貌似到了一个需要刻意迟滞才能稳住的生命阶段，但实质上，却进入一个很多事物都加速消逝的时期，比如对时间的感受力，就完全和以前不再一样，年轻时的一天，可以谈一场恋爱，中年时的一天，翻一百页书都吃力，到老年时，我们会为自己短暂的一生，而感到唏嘘吗？

一些短暂的事物，都是命中注定吧。但是短命的事物，也曾被我们尝试紧紧地抓在手里，不舍得放开，错觉那是长久。人很多时候把短暂与长久混淆在一起，分不清，甚至搞反了，烦恼的产生，大抵都由此冒出来。在某天清晨，在亮光中醒来，用手机写下了这样一首诗：

用手捧起水龙头中
哗哗流下的水
捧不起的
是冬天的大河

十字路口红绿灯的背后
一辆公交不停眨着眼睛
你抬头看了一眼天空
看见流动的云

火车在加速
爱一个人和爱一棵树
是一样的
都是转瞬即逝

以为故乡会长久

可故乡

也只是你想当然的故乡

大街上空无一人

年轻时一开口说话

就是天长地久

短命的事物要不要?

风穿过铁丝网

答案在河面上漂

4

二十年期的房贷还完了，我拿着那本半新不旧的房产证，去银行办理解除抵押手续，办事大厅里人很多，每个人都戴着口罩，一大片的嗡嗡声中，听不清他们在说什么。我捏着手中的排号条，站在通道边一个不碍事的角落里，并不想找个座位坐下来等，那会儿我的心里在想：我是谁，我来这里做什么?

人这辈子要面对的诸多漫长事物当中，“还完房贷”该是其中最需要面对与坚持的事情吧，每个月的固定日子，把一笔钱存在一个存折中，等待它被划走，在被划走的那一刻，你所栖居的地方，便又多了一些砖块、水泥属于你了。一年又一年，打印满了存款与划款记录的存折本，换了一个又一个，但你仿佛觉得，离这件事情的结束还很遥远，沮丧的时候，甚至会认为活不到还完的那天，在闲聊时，偶尔也会脱口而出，等到房贷还完了，我们也该老了吧。

你为每个月提醒还款短信的到来而感到压力，你为不小心有一两次忘记还款而有了征信瑕疵而不安，你觉得这就是一道无形的紧箍咒，虽然平时感觉不到它的存在，但总是如肋骨神经末梢疼痛那样，定时地提醒你它的存在……我能理解过去那些第一批进入城市生活的乡村人，他们对于贷款二三十年买一套小房子感到困惑，然而当接受了这一消费方式并且习惯了之后，它其实就已经长在了你的生活当中，成为不可磨灭的存在，并且对你整个人进行更大范围的改造。

大厅里的叫号器传出我排队的号码，办事员是个年轻的小姑娘，她也就二十多岁吧，我把所有的资料递给她，她头也没抬一下，埋头操作电脑，我们几乎没有一句话交流。在等待的过程里，我在看她背后窗户外的风景，正是夏天，一棵长到两层楼高的树绿荫如盖，屋里嘈杂，因而显得屋外反而非常安静，树叶的绿色非常养眼，但凝视久了一样会让人失神，那一瞬间忽然想到四个字：窗间过马。这四个字出自元代吴弘道的《醉高歌·叹世》，“风尘天外飞沙，日月窗间过马”，形容的是时间飞逝。这四个字意境真好，无论多大的窗子，有马在窗外跑过，你顶多只能看见它一两秒钟而已，它不知道你的存在，你也不知道它的去处……世间人与世间事，大抵也多是这样的关系。只是，你并不会为这四个字感到拘束、紧迫，也不会多伤感、失落，因为有窗，有马，有流动，有景色，这就足够了。

十来分钟后，柜台里的姑娘，把那个红色的本子递给了我，本子还是原来的本子，只不过上面多了几个红色印章盖上去的小字，看了一眼，不禁莞尔，努力半生，几个小字就足以总结，好玩。出得门去，夏风浩荡，道路开阔，人们匆匆而行，一切转瞬即逝……

羁人与原乡

1

“昨日草枯今日青，羁人又动故乡情”，唐代文人方干的这句诗，如风滚草一样，在距离春节还有近一个月时间的时候，就开始在心头滚动。方干诗中写到的季节是春天，而我极少在春天返乡，回去最多的季节是冬天，而到达我出生的村庄时，迎接我的，往往是寒风、冰雪。

方干诗中，“羁人”这两个字，是风滚草叶面上的刺，干枯又硬冷。从十几年前开始，我就意识到了羁人的身份，把自己当成了故乡的游客、旅人，来的时候充满好奇，经历整个过程的时候浑身疲惫，走的时候不舍，必须要带着点残忍才能迈开脚步。可正是这样的自我身份认定，使得我与原乡之间的关系，显得清晰、利落，从不拖泥带水。

我的县城文友们，把我当友人，也把我当客人。但在他们面前，我一直没有用过“羁人”这个说法，它有点儿古老和矫情。

更深一层的意思是，我不愿意这个词所包含的那层羁绊情绪，束缚住自己，绊住自己的手脚。毕竟是费了很大的力气，才做到云淡风轻地来来回回，浓度过高的情感，已经让我开始有所顾忌，继而逃避。

进入县城域内，收到的第一条信息，是文友发来的。这几年，返乡的第一次聚会，是和文友见面，这已成习惯。以前返乡第一顿饭，通常是和堂弟、表弟、妹婿们一起，后来文友们取而代之，原因无他，是文友更在意“接风洗尘”这件事，文友们心有古意，不可辜负。

有了微信群之后，家乡文友联系密切，有人发表了文章，会把链接发到群里供大家欣赏；有人早起锻炼，遇到路边野花野草野菜，会拍照发来让大家辨认；他们偶尔小聚，也会把照片发到群里给我看；闲聊时已经约了无数次，等我回来，大聚。

群主管兄，提前问了我的行程，然后在群里发了聚会消息，又单独与每个人电话联系——山东人讲究礼仪，邀请人喝酒也是如此：通知具体的时间、地点，先集体通知，再逐一确认，问能来不能来，不能来有没有什么话要嘱托、要带到，虽稍显烦琐，但确显情意。

路灯亮起的时候，打车前往聚会地点，街上挂满了红灯笼，年的味道已经很浓，但透过车窗，看见路边餐馆里，食客并不多。我们聚会的饭店，也只有我们这一桌客人。多年好友刘兄，戴着N95口罩走进房间，说县城里的饭店，在奥密克戎感染过峰后，刚开业了三四天，人们还心有余悸，暂时不敢来。

落座后的第一轮话题，自然是有关感染后的症状表现，以及现在的康复状况等，彼此小心翼翼地问候家中老人的状况，得知基本没事后都不禁长舒一口气，然后又提醒还得加强防护，等待春暖花开。

说好了这次聚会，要少喝点酒，点到为止，微醺即可，但都是多年老友，又长时间未见，不免要多喝一杯，两两捉对敬酒时，握手搭肩，说到一些更适合单聊的事情，有喜笑颜开，也有长吁短叹，这次聚会，多少都带点“劫后余生”的味道。大家一致认同，感染的事情，大家几乎在同一个时间段经历，如今还能聚在一起长聊，颇不容易。

我把自己和好友合著的打印诗集，送给了家乡文友，酒过三巡，每人选了一首诗来朗读，这已经是多年来家乡文友聚会的保留节目，读读诗，在诗中辞旧迎新，能安慰人心。

2

过春节，上年坟。从县城到我出生的村庄，有三十多公里地，腊月二十三日这天下了大雪，但日子已定，不好更改。家乡风俗，年坟要在小年前上完，天气预报说，寒潮已至，雪后道路结冰，去村庄的路会不好走。

给一直住在村子里的三叔打电话，他在镇上的店铺里卖下水，怪我没有提前通知他，又说雪大，劝我改天。他的儿子，我的三弟，开大货车去重庆送货了，今年三弟不能陪我去上坟。我要自己找到祖坟那里去了，有点心慌，往年都是三叔或三弟带路，我只顾在后面跟着走，这次发现自己有可能找错坟头，有些自责，觉得自己四十多岁了，有些事还是做不好。

好在三弟的大儿子晨曦上了高中，已经是小大人了，他带我和妹妹两家人一起去上年坟。我们都离开村子三十多年了，平时都是晨曦和他爸爸、爷爷去上祖坟，已经很熟悉道路。给祖坟磕头的时候，晨曦行的是大礼，节奏缓慢，直腰弯腰，双膝落地，匍匐在雪地里，让我大为震撼。

往年回村庄上年坟，都是匆匆地来，匆匆地走，不愿多停留一分钟。每年同来的孩子们，冬天习惯了待在暖气房里，连穿秋裤的习惯都没有，到了农村的冰天雪地，没几分钟浑身就被冻透了，我跟孩子们说，这才是真正的冷，受教育一下也好。

三婶接到三叔的电话后，就开始包饺子、做菜，为了加快速度，还请了村里的亲戚帮忙，那个亲戚记得我小名和小时候的样子，说我应该称呼她“婶子”。三婶每年都会在我们来上年坟的时候，做满满一桌子菜，有时候赶着在天黑前走，一口不吃就走了，有时候站在桌边，象征性吃了三两口就走，三婶也不生气，依然年年准备这么一桌子饭菜。

今年在三婶家的这顿饭，是历年来吃得最多的一次，原因是没吃早、午餐，到了下午时分，大家都饿得厉害，另外三婶请来帮忙的婶子，包的韭菜鸡蛋馅的饺子实在好吃，不到半个小时，七八个人就风卷残云般把一桌子饭菜消灭光了。三婶很高兴。

进村的路上，有一排长约五百米的电子花圈，几十道电子显示屏，滚动显示着逝者和纪念者的名字。女儿说，这挺赛博朋克的。和包饺子的婶子聊天，她说村里这个冬天，走了六位老人。在说到死亡的时候，她不带任何特殊的情感，像说天气、庄稼等事情一样淡然。她对病毒只字不提，在村庄，压根没人谈论奥密克戎以及与它有关的预防和治疗方案，都说那是“感冒”。

婶子还说，我父亲四十多年前在村子边缘盖的房子，已经被转手卖掉三次，最后这次，宅基地和院子一分为二，被上一家主人卖给两户村民改建成了两处新房。新房我在开车拐往三叔家的时候看到了，门前屋后栽了一片竹子，冬天还有未掉尽的叶子挂在竹竿上，在寒风中微微摇曳。

3

没想到会去参加一场葬礼，而且是必须要去的葬礼。年轻时一位特别要好的朋友的奶奶去世了，在我回乡的第二天，接到我们共同好友打来的电话，说送殡的日子定在了腊月二十五，我们在这天，需要早一点过去，说说话。

和这位朋友，在县城驻地的镇上，一起工作过，是彼此青春的见证人，有过一些难忘的友情，又因一直有婚丧嫁娶、红白喜事的往来，继而又多了些兄弟般的情意。近些年因为一些事情虽然渐行渐远，但遇到葬礼这样的大事，心脏还会被重击一下，觉得逝去的也是自己的亲人。

定好了花圈，请花圈店的人帮送了过去。本来要打一个安慰电话，问需不需要过去陪着在夜里守灵，但通讯录点开了，又关闭了。按照老家风俗，他会二十四小时守在棺木所在的堂屋里，白天向前来祭奠的亲戚、邻居、朋友跪拜回礼，晚上则睡在旁边的草席上。

我经历过这样的时光，持续三四天，漫长又难熬，如果这样的时候，能有好友各自陪伴一段时间，说说话打发时间，会好过些。我之所以没有打这个电话，是担心自己说的话太套路、太苍白，也怕自己一个字也说不出来。有一些孤独和哀伤，是必须要一个人承受的。

定好了早晨八点的闹钟，洗漱完毕后去接上另外两位朋友，一起去那个多年前曾去过的村庄。忘记了上次去那个村庄的缘由，但车轮一拐进村子的道路，往事历历在目，迎面扑来，回忆起年轻时候的无忧无虑，还有现在这个年龄的沉重无言，有许多发不出来的感慨。

村子里有几户人家，同时在办葬礼，我们已经无法找到朋友在村子里的家了，下车打听了三次，才找对。耳朵边听到了欢快的哀乐——我家乡的风俗，达到八九十岁的高龄老人去世了，算是喜丧，可以放节奏欢快的流行音乐。院子里摩肩接踵都是人。排着队挤进灵堂，看到了跪在棺木边的朋友，他也一眼看到了我们三个，跪下给老人磕完头之后，和他握手时，都泪光闪烁。

等待领孝服的十多分钟里，蹲在棺木旁边，和朋友说话，他说奶奶高龄一百零二岁，是村里第二长寿的老人，家中已经五代同堂，这么说的时候，屋中有穿着大红色孝服的孩子走来走去，那应该是家庭中的第五代人。

穿上孝服，在年龄大的朋友的带领下，在临时搭起来的奠堂向去世的老人行礼。结束后再奔堂屋向老人行告别礼。朋友央人带我们去“坐席”，吃饭在另外一个大的院子里，里面的每一张桌子上都热气腾腾，饭菜的种类、品样繁多。我们在院子边缘站了两三分钟，等到管事的人离开，我们便也离开了。时间是上午十点多钟，不是吃饭的时候。

回来的路上，在车里聊天，一位朋友说我们三个中午可以简单喝一杯，我说不用了，确实不是喝酒的时候，他们说也好。年底大家都忙，一个要去给自己的店开门，一个要去讨要建筑公司拖欠几十人的数十万工钱。自己人不必客套，没事了一起吃饭很有必要，忙起来的时候不吃饭也没关系。

4

萍又召集大家喝酒了，今年我们聚了三次，创造了一个新的聚会频率纪录。初中同学原来有一个微信群，经常有同学通过群联系，三五成堆地偶尔聚餐，我回老家的时候遇到聚会，也会过去扎堆。后来不知道什么原因，这个群解散了，同学的联系就又零落了。

四五年前，这位叫萍的同学横空“杀”了出来，成为组织聚会的活跃分子。我上初二时，班级除了体育课的集体成绩好，其他主课成绩年级垫底，原因是班里调皮捣乱的男生女生太多，校领导一气之下把我们班“解体”了，一分为二，所以，在初中，我有两个班的同学，有不少同学我没印象也记不住名字。

萍是我记忆里比较模糊的一个身影，据她自己说，她那时不像女生，像个“猴子”，经常飞跃于课桌上，进出教室很少走门，都是从窗户跳进跳出。她还说，如果觉察到自己的袜子里被塞进了一团东西，不用低头看便知道，是男生委托她转交的情书到了，“信使”便行动起来，以最快的速度把信送到收信人那里。当然，萍对我印象也不深，只记得我个子小，坐在教室最后一排靠门的角落里，一天也不说一句话。

或是为了消减几个同学对她印象不深的缺憾，萍在这几年成为饭局召集人。以前每次回县城，都是一位开了集团公司的同学，在他自己的饭店里请客，多年下来，大家从开始的不好意思，也逐渐习惯成自然了。今年同学的建筑公司，没能从县政府那里拿到工程款，被欠了几个亿，年底要东拆西借给员工与工人发工资，烦不胜烦，这次年底的聚餐，他没能来，萍说，他来不来不重要，不能耽误咱们吃饭。

萍组织的同学饭局，要随叫随到，不来是万万不行的，要背负不小的舆论压力。萍经常在饭桌上，对被邀请却没有到场的同学，用电话“开炮”，能感觉到接电话的那人，背部在冒汗。但萍对我却客气，一直用温和的语气，她说对文化人要温柔，我说不必，咱们都是在同一个学校拿初中学历的人，不用在意这个。

萍能喝酒，但比喝酒能力更强大的是劝酒，她酒量大，劝酒的词也多，男同学都不是对手，哪怕拿出超过平常的酒量，也会被一一放倒。不喝酒的女同学，萍不劝，但如果能喝一点儿，那是绝对不会放过的。大家怕了她，又依赖她，觉得没她在场，气氛活跃不起来，只要有她在，哪怕只有四五个人聚，她也能把包间闹出掀翻天的气势。

那天各自喝了七八两酒之后，我们来到了同学的办公室，他的公司离我们吃饭的地方并不远。推开门，看见同学正把头埋在电脑面前愁眉不展，看到我们来了，才换上轻松的面孔，招呼人上水果、泡茶。萍对没来喝酒的这位同学大为不满，连珠炮般地发出一连串攻击，他们俩熟，沟通方式也是连喊带咋呼，有时不免还带出几句脏话，但仿佛又因此增加了亲密度。

两个人在办公室里唇枪舌剑，我们边喝茶边嗑瓜子像看二人转演出，有人推门进来签字报销，他们两人会瞬间安静下来，等办公室的门被关上，又继续吵。

萍说，本来同学可以不用聚这么勤的，她这么强势，是为了联络大家的感情，以便以后老了，还能来往，吃吃饭，聊聊天，不感到那么孤独。她还计划在山上租一块地，盖十来间简易房子，等老到一定的时候，又不想麻烦子女，就到山上住，过集体生活……这样的设想，我在一二三四五六线城市的饭桌都听到过，没人觉得这会变成现实，但说的时候，都开心异常，觉得就像真的可以实现一般。

5

前一天晚上喝多了，临近中午才醒来，走路有些打晃，但用热水洗把脸之后，觉得好了许多。中午有场酒局是必须要参加的，他们是我的发小，是认识了三四十年的朋友。

走在大街上，阳光晒得背部有些发烫，脚上穿着的是黑色透气的运动鞋，也吸收了大量的太阳热量，走起路来，像是踩了风火轮。去吃饭的饭馆，已经开了三十多年，换了不少任老板，但饭店地址和名字一直都没有换，和发小们的饭局，多年来也一直固定在这里。

这个饭店，我上初中时在这里过过一次生日，请了几位发小和同学，大家都到了，我却迟迟未到，迟到的原因是，直到最后一刻，才筹足这顿请客吃饭的饭钱。那顿饭，大家喝了不少酒，喝完酒便会哭，独自哭，双双抱着头哭，哭累了换一个人再继续哭，类似的戏码，上演了多年，也不知道为什么那么多委屈和眼泪。

现在聚会的发小们，都四五十岁了，哭是哭不出来了，每个人的生活不一样，形形色色，但眼眶都变深了，藏得下眼泪，过去没委屈会哭，现在有了委屈反倒会笑，眼窝里发酸、发烫，就是滚不出热泪了。

一个发小，是从信访局来的，他承包的工地，到了年底了，结算不出来工资，几十名建筑工人跟他要钱过年，他没有办法就只能和他们一起去上访。现在的上访，也是文明上访、守法上访，不吵不闹，不拉横幅，到了信访局，选出几个代表进办公室去谈，剩下的在院外安静地等。这个发小在走进饭馆屋子里的时候，说喝完酒之后还得办正事，继续上访去。

今年聚会聊天的主题是“要钱”。县城里的三角债状况严重，不仅官方如此，民间也如此，你欠我钱，我欠他钱，他欠你钱，说不清的债务关系，聊不透的还钱话题，桌上的人，举起杯提酒敬酒，放下杯就刷微信要欠账，偶尔有人出去接电话，谈的也是还钱的事。

也不是没好消息，酒席间，一个人的微信响了一声，他打开看后说到账了两万块，其他几位说快分分。没有账本，没有核对过程，他六千，他八千，他两千，他三千，最后这位发小说，给我留一千块钱，过年给孩子发红包、买鞭炮吧。他们平静地分着钱，说着事，既不兴奋，也不伤感。

在这个酒局中，我有些恍惚。我在外省，从来没遇到过这样的事情，大家遵守着规则，尤其是把商务规则分得很清楚，不会出现整个饭局都在聊钱的事情，好在，他们也无视我的存在，更不在乎我内心的翻江倒海。

6

二弟打来电话，说定好了县城里最大的饭店包间，每年一度的大家庭聚会，今年由他来组织，时间定在我生日那晚，他也会提前定好蛋糕。我犹豫了一下，心底有些不情愿，大家庭的聚会，有长辈，有晚辈，孩子一大群，加在一起人数有三四十人，并不适合突出我的生日。再者，我对过生日这件事，一直有抗拒心，童年和少年时代，就算在亲人那里，也一直躲躲藏藏，并不愿意被关注到，现在年龄已经大到一定的程度，但本性依然没变。

但我还是答应并感谢了二弟，一是不忍打消他的积极性，拂了他的好意，另外也觉得，这多少算是个小小的心理障碍，要越过去。还有一点，那么多小孩子有大蛋糕可以吃，他们一定会开心。

二叔、六叔坐在主位上，三叔在乡下没法赶来，五叔在昆明打工，也只能通过观看和转发群里、朋友圈里的视频来参与了。我的父亲和四叔已经永别于人世，他们缺席在这个大饭桌上已多年，但酒杯碰撞间，总有人提及他们。姑姑本来应该也坐上座，但她不愿意，六十多岁的她，和孩子们挤在一起，并不关注喝酒的弟弟、子侄们，等到有人喊她时，才笑吟吟地回应一下。

最尴尬的环节，最先开始。二弟把蛋糕摆在我的面前，我以为点的是传统的生日蜡烛，但用打火机点着之后，发现是两小丛烟火喷射出来，孩子们开始唱生日快乐歌，那是与我有血缘关系的下一代、下下一代。手里拿着塑料切刀，开始分蛋糕，按照年龄辈分，逐一地把蛋糕切成小块分出去。

这样的家庭聚会，欢乐又祥和，亲情是主旋律，已经有七八年没有吵架的事情发生了，过去的大家庭聚会，往往是以欢乐开局，悲伤收尾。想了想原因，长辈的衰老，大概是新局面形成的缘故，他们已经不再计较过往，也更期望晚辈在一起能好好地过个年。长辈们的话说得越少，晚辈们就越放肆，气氛就越活跃。喝掉了三四瓶白酒，又喝掉了两箱啤酒，我趁去洗手间的空，想偷偷地把账结了，被表弟发现，一把把我抱着推了出去，说今年他们几个弟弟请客，我不能抢着付钱。

“这个年要好好地过”，这是家庭聚会达成的共识。约好了吃完年夜饭后，到一个宽阔的地方集合放烟花，今年县城不再绝对地禁止燃放烟火爆竹，在除夕、初一、元宵节，可以敞开了燃放，我也趁着酒后，说今年要带着孩子，去长辈们家拜年，过去因为我大年初一经常要离开，要么返京，要么外出旅游，已经缺席了十多年的初一拜年，今年初一哪儿都不去了，要带孩子们去长辈那里拜个年。二叔听了这个消息很开心，低声和我商量，要给孩子们准备多少红包，每个红包里装多少钱。

我有五个堂弟，两个妹婿，加在一起有十几个堂妹、表弟、表妹，见到他们各自的孩子，经常闹出叫不出名字的笑话。孩子们在年终聚会的饭桌上，一年年长大，每过一年，都有新的人口出现在饭桌上，小孩子的名字，今年记得了，说不定明年又忘了，抱起来重新问。也没有在意谁的记性好与不好，能坐在一个大桌子上吃饭，都是打断骨头连着筋的人。

返回外省的寄居地之后，整理半个月来拍摄的照片和视频，有一条十来秒的视频，被我反复看了十几遍。视频里呈现的是一条田间小路，那是上年坟时的必经之路，小路上布满冰雪，特意穿着的靴子踩上去，发出“咯吱咯吱”的声音，不过这声音在呼号的寒风中显得微不足道，手机的录制格式，也改变了当时环境的色彩与音调，使得视频格外像一部电影的片段。

我在这段短视频里，感受到了“羁人”的那份孤独与渺小，还有身不由己。四十多年了，这个村庄，这条路，像是根本没有变过。虽然我变了，且变化很多，但是每一次走在这条小路上，我都会被打出原形，那是一个七八岁的男孩，他心怀苦楚，对着清冷的天空发誓，一定要走出这个地方，再也不要回来。

夜未眠

1

凌晨两点前后，丑时，古时又把这一时辰称鸡鸣、荒鸡，属于鸡叫第一遍的时刻，也是牛吃完草准备休息的当口。人如果在这个时候还没有睡着，也就很难入眠了，起码要等到天快亮时，才能昏然睡去。如果一个人发愁，一天当中丑时也应是愁意正浓的时分，这属于一种乡村生活体验，我童年时经历过，只是幼时不知愁滋味，恐惧更多地占据了深夜惊醒后的时间。

住进城里后，极少丑时失眠，因为耳边没了鸡鸣与牛的叹息，也便没了催眠的白噪声，再加上经常听到来自各个渠道的规训：二十四点之前必须睡着，否则怎样怎样，于是每天便早早地上床躺着，一般还没到半夜的时候，就酣睡了，他们称这是一种幸福，原来获得幸福这般简单。一年难得一两次因为工作的原因，加班到两三点钟，结束后来不及胡思乱想，头一挨到枕头，人就到大槐安国去了。

此时正是春天，乍暖还寒时候，很奇怪这夜没有睡意，插座上的显示灯，散发出的光芒比米粒还小，但就算这一点点微弱的光，也用物件遮住了，手机不但开了静音，还将屏幕向下扣上，这意味着我与整个世界失联了，内心坦坦荡荡，没任何惦念的人和事……但即便如此，翻来覆去调整了数个睡姿，依然睡不着。咖啡是早晨喝的，茶是中午喝的，晚上喝了酒，酒有助于睡眠，可能是喝得有点少的缘故吧，没起到催眠的作用，但也懒得起来再去倒一杯酒了，虽然酒瓶就在床头柜上。

大约就是牛吃完最后一口草的时分，楼顶突然一声巨响，把我从刚刚蓄满的睡意中惊醒，那是一把椅子砸在地板或墙上的声音，楼板薄，隔音不强，再加上楼层高，夜里静，手机掉地上摔出的声音都可以听得到，一把椅子被猛力掼到地上，不异于晴天霹雳，在这一声响之后，紧接着其他声音连贯入耳，盘子和碗，杯子与遥控器，书本和钥匙串，等等，纷纷落在地上。夫妻俩在吵架。

听不懂他们两个人的地方口音，语速也快，男人的声音低沉而绝望，女人的话语淹没在哭泣声里。男人、女人为什么要吵架？在菲茨杰拉德所著的《美丽与毁灭》中可以找到答案：住在单身公寓的安东尼，等待着继承一大笔遗产，他有大量的时间与精力可供挥霍。葛罗丽亚美丽、开朗、魅力无穷。他们本无交集，但在葛罗丽亚受邀第一次走进安东尼公寓的时候，他们的命运改变了，先是爱情，后是婚姻，然后就是毁灭。他们一次次地爆发激烈争吵，吵架的起因鸡毛蒜皮：要不要多喝一杯酒再离开酒吧？要不要挽留酒鬼朋友在家彻夜狂欢？是步行回家还是搭出租车回家？

同样在莱昂纳多和凯特主演的《革命之路》中可以找到答案：一个是满怀野心却一直失败的男职员，一个是一心想要成名的女演员，这对夫妻有着各自不同的秘密欲望，因为道路和方向不一致，他们经常在家里发生天雷勾地火般的吵架。看这部电影时，可以多留意莱昂纳多从内心喷涌而出的怒气是如何撑粗他面部血管的，是如何流窜在他面部细胞中的，你可以清楚地观察到，一个男人崩溃的整个过程。那个时刻，莱昂纳多饰演角色的内心风暴，可以和卡特里娜飓风相媲美。

楼上的吵架在持续一个多小时后结束了，夜色寂静，像是什么都没有发生过一样。慢慢地他们熟睡了，我听到有细微的鼾声隐约传来，他们该是吵累了，但我却陷入了失眠之中。他人的烦恼如同一颗丢过来的石子，坠入湖底消失于淤泥，但湖面上的涟漪却不停扩散，平静而有规律，不断地在放大着一些什么。我躺在自己家的床上，如同躺在开阔的湖面当中，一些忧愁氤氲如月光下的水汽，可以呼之即来，却挥之不去。

2

睡不着时，你会做什么？有一年冬天，大雪，我在故乡，傍晚时与人喝酒，酒局结束后躺在旧居的床上，那是间平房，窗户镶嵌的玻璃旧了，有些模糊但还是能看到院内的雪，路灯光起到了放大的作用，或是酒醉的缘故，一见“雪花大如席”，整个人激动起来，夜不能寐，终于在二十三点左右的时候，起床穿衣，晃晃荡荡朝城里走，准备去找初中老同学继续喝酒。

王子猷也做过这样的事情。王子猷是王羲之的儿子，在人世间活了四十九年，生前做的最后一个官职是黄门侍郎，但做着做着烦了，辞了官到山阴（今浙江绍兴）隐居。某年冬天，王子猷一觉睡醒之后，推门看见大雪纷飞，忍不住就想喝点，喝着喝着想起了左思的诗《招隐》，随口就朗诵了几句，喝酒读诗，最容易醉，不然王子猷接下来也不会做出如此荒唐又如此浪漫的事情来——他趁着酒劲推门而去，要去找他的好朋友戴逵。

戴逵住在剡县（今浙江嵊州），我用电子地图查了下，两地在今天的距离，不走高速的话约一百六十里地。王子猷不是骑驴去的，也不是乘马车去的，而是乘船去的，大雪夜里，不知道他乘的船，是船夫经营的商用运营工具，还是自己动手划自家或租来的船，我感觉后者的可能性要大一点，毕竟那个时刻，船家大概率会拒绝出行，唯有一个精神焕发的酒鬼，拗不过自己的执念，无论怎样都得出行。如果是他自己划船，那就辛苦了，不但雪大迷眼，还是逆水行舟，以我在公园小湖划船的经验来看，这一百六十里地够我划三天两夜的。但不管怎样，《世说新语》里写的是“经宿方至”，我们也只能权且相信，王子猷划出了奥运项目赛艇或皮划艇的速度，反正他夜里睡不着，又有酒劲助力。

王子猷到达戴逵家门口的时候，万万不可能是清晨，估计再晚一会儿，能赶上午饭点了。他之所以没有敲门进去，对外界的解释，说是“吾本乘兴而行，兴尽而返，何必见戴”，真相有可能是觉得不好意思，本来就是一出酒后兴奋睡不着觉的冲动行为，以这样的方式结尾挺好的。要是王子猷进了门，好友必然又要拿酒来，不醉不归。虽然王子猷再喝个五迷三道地回去，也可以成为逸事，但总觉得不如现在这样，可以更好地流传千古。“雪夜访戴”，这样的傻事，一个人一辈子只能做一次。

王子猷一个人孤独地在船上，会想些什么？以我的经验看，开始时大抵是兴奋的，如果那时候有朋友圈，王子猷上船之前必先找好角度，拍一张照片发出来，亲朋好友纷纷点赞，王子猷抽空查看回复一下，起码前一个时辰时间是好熬的。等到丑时，众人纷纷听着雪声沉沉睡去，空荡荡的河面上只有船桨击水的声音，王子猷恐怕会心生后悔，但是牛皮已经吹完了，这段旅程必须得坚持到最后一刻。乘船也好，划船也好，最初的兴奋劲儿过去之后，子猷兄想必也是会打盹的，后世之人往往只记得“雪夜访戴”的旷世之景，其中的辛苦，恐怕只有他自己知道了吧。

那晚我在床上辗转反侧，最终决定推门出去找老同学喝酒。这件事每每浮现于脑海，就后悔到心痛，既讨厌自己的莽撞，又责怪自己的愚蠢，非得去打扰人家。当时由于接近半夜，不能开车、骑车，也打不到车，只能步行，鞋子踩进厚厚的雪堆里，雪沫钻进鞋洞里化成了凉水，先冷后热，居然有脚心冒汗的感觉，后来才知道那是冻伤的前兆。老同学的家临街，我在街边他家窗户下喊他的名字，喊他下来，没人应答，于是就团起雪球往窗户那里扔，扔了几次之后，窗户亮了，一个人探头出来……一二十分钟后，我们坐在一家尚且营业的羊肉馆里，再往后的事情我就记不住了，据老同学说，我喝完两杯酒后，躺在人家羊肉馆的椅子上酣睡不醒，最后是他又喊来两名同学，才把我送回家。

若是我到了同学家的窗下，没有大喊大叫，拿雪球砸人家玻璃，只是小站片刻老老实实地回家躺倒，该有多好，如此，便有了古人之风，而不是落下“发酒疯”的名声。老同学知道我的性格脾气，没有怪我，但我这么多年总是怪自己。后来便想，要怪就怪我们相距太近，没有给我留好充足的醒酒时间吧。

人在深夜睡不着的时候，最好是安静地待着，别想谁，别乱动，别打电话，只要动了心思，管不住腿，一切就都乱了。你想找一个人消耗掉你的精力，治好你的失眠，可那个人，恰好也得处于未眠之时呀，也想见你呀，只有这样，或许才有对话的可能，否则，大概率是打扰，再好的朋友也不行。

3

古代文人都睡不着，有一个算一个。不眠之时他们喜欢喝酒、踏雪、赏月、访友、写诗，反正是想方设法不让自己的脑子闲下来，导致的结果是思绪万千，更睡不着了。人在夜里，大脑本身的设置，是拒绝高频率运转的，可要真是失眠了，非但大脑不停转，反而会转得越来越快，于是，文人们为了给大脑降速，便想通过写诗这一需要专注的事情，来安抚大脑。屈原写下“思不眠以至曙。终长夜之曼曼兮，掩此哀而不去”，李白写下“举头望明月，低头思故乡”，陆游写下“徘徊欲睡还复行，三更犹凭阑干立”，白居易写下“将何还睡兴，临卧举残杯”，阮籍写下“夜中不能寐，起坐弹鸣琴”……历史如果是幅活地图，那么想象一下，万古长夜里，睡不着的文人们人头攒动，金句频出，这是多壮观的情景啊。

文人不眠会产生诗，皇帝要是睡不着，可是会掉人头的。曹操长期睡不好，按现代人的说法，属于失眠焦虑症，他那著名的偏头痛，据说就与失眠有关。所以他警告身边人："我眠中不可妄近，近便斫人，亦不自觉。左右宜深慎此。"失眠之人睡着之后最怕风吹草动，一点响声都能够惊醒，曹操错杀吕伯奢，梦中怒斩侍卫，单单这两件事，就足以证实曹操的一生确实是睡不好的一生。不过也有"歪理邪说"，认为正是失眠成就了曹操，帮助他成为一代枭雄。

历史上最著名的因为睡不好觉而瞎折腾的皇帝，当属赵匡胤，宋太祖黄袍加身后，非但不能把心放到肚子里，反而经常半夜犯嘀咕，想七想八，自以为很聪明的侍卫，劝他放一把剑在枕边，以获得一些安全感，赵匡胤不干，意思是说这不等于公开承认我有病吗？睡不着的赵匡胤不读书不写诗，最大的爱好是夜半私访大臣，想去谁家去谁家，任性程度与其"香孩儿"的小名很是匹配，大臣们都知道他有这习惯，许多人睡觉仍穿正装，不敢换上便服，就怕"香孩儿"敲门。

比"雪夜访戴"知名度稍弱的"雪夜访普"，便是赵匡胤一手导演的。朝中大臣赵普知道皇帝喜欢半夜乱窜，自然也时刻准备着，但这天皇城大雪，一直下到了夜里，赵普觉得皇帝不可能会上门了，于是换上了家居服，准备睡个舒服觉，但怕啥来啥，风雪天阻挡不了赵匡胤深夜私访的想法，他还是敲响了赵普家的门。明代画家刘俊据此创作了一幅《雪夜访普图》，画面上，坐在上座的赵匡胤身材高大，或是赵普穿便服的缘故，显得矮小许多，画虽精致，但气场不对，赵匡胤的压迫感太强了，根本没有把酒言欢的和谐气氛。《宋史》中写，那晚赵匡胤还约了晋王赵光义，请“嫂嫂”（赵匡胤每进赵普家门，见到赵普夫人必开口便叫“嫂嫂”）准备了炭火烤肉，三个人吃着烤肉喝着酒，就把伐蜀大计定下了。

同为著名失眠者的海明威说：“我同情所有不想上床睡觉的人，同情所有夜里要有亮光的人。”这句话送给文人或者普通人可以，但送给皇帝们不合适，文人们不睡觉，会产出传世诗文，普通人睡不着，是琢磨生计，“夜里千条路，早起卖豆腐”，皇帝们睡不好要么搞事情，有大臣人头要落地，要么发起战争，生灵涂炭。要是历史上的皇帝，多数都能拥有一个好的睡眠，不知道人类命运会不会改写。

无眠的人，大体有两种，一种是为相思所困，一种是为前途命运担忧，世间睡不着的原因总有千千万，都可以归于这两大类。但相思这个事情，是有年龄限制的：张生夜会崔莺莺那会儿，崔莺莺十七岁；贾宝玉和林黛玉共读《西厢记》时，贾十三岁，林十二岁；罗密欧爬阳台向朱丽叶倾诉衷肠时，罗密欧十六岁，朱丽叶十四岁；《泰坦尼克号》杰克给露丝画裸体画时，露丝十七岁，杰克年龄未知，不过最多也就二十岁……相思是年轻人的事情，但凡一进中年，就不会因为相思而睡不着了，考虑的多是怎么把遇到的坎跨过去，未来的日子怎么过。

趁年轻要多体会相思苦，到了三十岁之后五十岁之前，要更多面对生活的苦了。“贫贱夫妻百事哀”，这句古语说的其实还不是年轻人，说的是中年人。年轻人贫苦些，总还是有希望和盼头，中年人的夜，像一个巨大的瓮，四周都是黑暗，唯有瓮口处有些光亮，但伸手去够时，却总够不着。多少中年人的深夜，双眼盯着那处渺茫的光亮，喉咙却发出一阵阵深沉的叹息，那叹息，让夜色分外浓稠。

4

我人生最甜美的好眠时光，属于年轻时在工厂当工人的那两年时间。工厂是一家钢筋制造厂，有硕大无朋的生产车间，走在其中可以看见耀眼的钢花在火炉口四溅，工歇的时间我要么躺在冷床的台框上睡觉，要么躲在车间的某个无人发现的角落睡个天昏地暗，中午阳光好、温度舒适的时候，还会躺在车间门口旁边，旁若无人地酣然大睡。

年轻时睡得好，在于拥有一份浑不吝似的无知，源于内心未觉醒，就像冬眠的竹笋一样，处于黑暗的地下，对外界并不知晓，一直等到土壤解冻后的那声惊雷之后，才破土而出，拼命疯长。我特别感谢拥有那段无休无止、似乎永远睡不醒的时光，想起来丝毫没有生命被浪费的感觉，睡眠在那个时候像一层保护伞，良好地将似是而非的痛苦、将暴雨将至前的绝望、将钻进死胡同时的茫然，全部遮挡在了外面——在睡眠时，一切是不存在的，美梦和噩梦都没有，每一次醒来，都似重返人间，都有十几秒钟的新鲜感，就像老电脑重启后的前几分钟，运转速度总是会敏捷一些。

临近三十岁时开始失眠，这一失眠就持续了近十年。现在已经完全想不起来，那十年的失眠时光都做了些什么。面对真正的失眠，人是无力的，喝酒、看电视、打游戏、聊天等，都无法填补失眠留下的那片空白，失眠是一片大海，人像这片海上的孤舟，无论怎样都是没法挣脱靠岸的。

失眠是一种强烈的暗示，当你觉察到要失眠时，想要收回这个念头已经晚了，失眠就像一个轻而易举撬开你家大门的盗贼，戴着口罩和墨镜，兴致勃勃地闯进你的世界，肆无忌惮地打量你的一切，它了解你内心的缺口，总是能够一击即中，它掠夺你内心丰富的一切，直到把你变得两眼枯涩，头脑发昏，但精神却屹立不倒，大有耗到你油尽灯枯的架势。

台湾歌手郑智化在退隐歌坛前有一首歌叫《夜未眠》，这首没能火起来的歌，唱的就是中年人的心事，歌是这样结尾的：

我回忆着回忆却不能再甜蜜
让往事如流星坠入沉重的黑夜
我等待着黎明却不能再清醒
让漫漫的长夜把我静静地撕碎

这是20世纪90年代末的吟唱，和古代文人的诗歌不同，那个时候流行歌手所代表的流行文化，已经超越了性别，可以大量使用柔性的词汇，也能够更为直白地表达孤独、失落的情绪。可是，现代人的情绪变化太大也太快了，不再那么容易被创作者捕捉到，所以，那些歌写出来后，听的人也难有很强的共鸣了。而现在，中年人的生存状态与情绪状态，干脆不被注意或重视，罕见有诗或者歌，能够精准描摹那种最难刻画的心境了。

疫情三年，失眠成为常态，睡不着的时候，人会做什么呢？从午夜刷到的朋友圈看，有人在道完“晚安”后，依然在转发着一些消息；有人在表达着对这个世界的不满，火气四溢；有人在转发歌曲，借着音乐来表达此刻所想；还有许多一言不发的人，他们呼吸紧促，在暗夜里咬紧牙关。

楼上发生家庭“战争”的第二天，我和那家里的男主人在电梯里相遇，每个人手里拎着一个要扔掉的黑色垃圾袋。我们都戴着口罩，看不清对方的全貌，但凭借以前的碰面，我知道是他，看见我，他往角落里退了一步，背过身去。在电梯里保持足够的距离，是有礼貌的表现。

我问了他一句：“怎么样，还好吗？”

他没回头，愣了一两秒钟，轻声回答了我一句：“还好，打扰您了。”

我说：“好就好啊，相信将来还是一天一天往好里去的。”

阴影狩猎者

1

阴影是贬义词吗？阴影对于一个人来说意味着什么？看到阴影会有什么样的本能反应？物理层面的阴影和内心的阴影有何重叠之处？……思考这些问题的时候，我正打量着内心，看见一个潜行的猎手，正在捕猎一个无形的敌人，他们追逐得激烈，虽未发出声音，但有撞击、撕裂、喘息与咆哮等融合之后制造出来的情绪，从表面上看，这个人正凝视窗外，表情平静，那场狩猎或者说战争，仿佛在另一个平行时空发生。

我在捕捉一片阴影。它从前一天晚上开始就在了。晚餐时就意识到了，不晓得它是从门缝挤进来的，还是从窗户外飘进来的，也可能是从电视机的屏幕溢出的，抑或是从远处发出的一粒噪声放大而来。一开始并未意识到它的存在，甚至对它持鄙夷的态度，觉得它不自量力了——你明白闯进一个什么样的地方了吗？那里光照充足，干燥清爽，在对付入侵者方面，可谓兵马齐备、粮草丰盛。又有说法称，烈日灼心，不可能有你生存之地。

但在入夜后，它开始逐渐扩张领地。我收拾餐盘，为猫准备晚上的食物和水，在热水器刚烧出的热水下洗澡，忙完这一切之后，从冰箱里取了瓶装水，伫立在阳台上一口一口地喝掉。我在纵容它的生长，如同纵容动物园里的猛兽，它在缓慢地踱步，遇到障碍一跃而过，遇到花丛鼻子凑近了细嗅，偶尔它急速奔跑，踩踏着精细耕作出来的田地；它的脖子上没有铁链与绳索，但我知道，在领地的边境，有高高的铁栅栏与电网，靠近必死。

它从一头幼兽快速成长为一头猛兽，我如此放任它，是想看清楚它的四肢、眉目、眼神、皮毛，我想欣赏它身体的花纹。但这么做归根结底的原因，是想搞清楚它从哪里来，来的目的，想要往哪里去，要掠夺什么带走什么。我不欺负弱小的敌人，与猛兽搏击，是件愉快且有成就感的事情。看西方魔幻题材电影，最让人着迷的细节是晴空万里突然变得阴云密布，其中阴云最浓密处必有幺蛾子，我截图过几幅电影画面，放在电脑桌面上欣赏，看来，一定程度上，我是阴影爱好者。

躺在床上，在入睡前，有漫长的一段时间，翻书，读不下去，翻手机，觉得心浮气躁，玩手机上的垃圾游戏，唯有此举可以让注意力转移。是的，我已经不愿意再看它、重视它、与它对视了，藐视对手，让它自生自灭，这是最省事的办法。但它不愿意，它的体积超过了猛兽，它变成了一块云、一块硕大的油布、一个油腻的超级大气泡，它开始挑衅，试图翻越铁栅栏，火光四射的电网无法将其击毙，它把那些火光当成营养不断吞食。

收了书，关了机，摁灭床头灯开关，把头部放在枕头的中间，闭上眼睛，我想和它谈谈。我找不到它，因为到处都是它，四周是漆黑的，如断了电之后的地下铁空间，铁轨在冰冷着延伸向远方，不知从何处来的水滴落在水泥地面上发出清脆的响声。这不是一场捉迷藏游戏，我知道自己被包围了，虽然手无寸铁，但并不恐惧。那不过是一片阴影，它在上面，也在下面，它在左面，也在右面，它不动声色，你也可以不动声色。对峙太久是没有意义的，你要像掐灭蜡烛头燃烧的那一小点焰火那样，把它消灭，出手要快准狠，与阴影的战争，宜快不宜慢。

2

现在回忆起来，我所出生的大埠子村，绝大多数时候都被明灿灿的光亮包围着，白天是耀眼的阳光，尤其是正午的时候，烈日如开水，在煮着村庄这只洁白的“鸡蛋”。人们要么躲藏在自己阴凉的房屋中，要么在田野里劳作，道路与街巷都罕见有人。每次想起那个村庄，都会忍不住想到《百年孤独》中的马孔多村，只是和“马孔多在下雨”这让人眼睛潮湿的描写不一样，“大埠子村在下阳光”，总是给人一种灼伤感。是的，那些阳光，以雨的形式落下来，闪烁着耀眼的斑点，如果伸手去接的话，总担心手掌心会被阳光击穿。

在夜晚，大埠子整晚也在亮着，那是月光在接力太阳关照着这个村庄。银子一般的月光，使得路面和院落的地面都变成了镜子，在月光下可以看清楚书上的五号字，奶奶那时可以就着月光的亮度把线穿到针孔中，橘黄的电灯光晕在月光里像是从萤火虫身上散发出来的光芒，弱小到可以忽略不计。二十多年后我回到大埠子，夜晚的时候特意观察了一下月光的亮度，发现后来的月光不但变暗了，也变浑浊了。那瞬间，我没有怀疑自己的眼睛出了问题，而是觉得这个世界不再纯洁了。

由于阳光与月光都灼人，所以在漫长的童年期我时常寻找阴影，在那时我就已经初步拥有了一个阴影狩猎者的身份。有一年夏天，我蹲在老屋后边隆起的地基上，着迷地研究苔藓。无论夏天有多热，老屋后边总是一片阴凉，阳光照不到的地方积攒了水分，那些苔藓就在水分充足的地基上蔓延，大块的苔藓连接在一起如同一块绿色的地毯铺在那里。把手覆盖上去，会反馈以潮湿滑腻的手感，有时候我会管不住自己的破坏欲，想要把这块地毯揭开看到下面的秘密，但能被伤害到的苔藓寥寥，上帝赋予了它们自我保护的模式，苔藓生长得极其短促细密，让手指使不上力气。

后来我读到一本书，那本书说苔藓是上帝的签名，是上帝花了七天时间创造完世界后留下的手迹。这个说法太有意思了，没想到上帝这么低调，他创造了天空、海洋、森林等宏大的事物，却对自己的作者身份如此羞涩，他让绝大多数景观都处于阳光普照之下，偏偏把自己的签名隐藏于角落。读完这本书，我又想起自己的视线确实也曾深入过苔藓群体的内部，我把眼睛努力地贴近苔藓表面，鼻尖接触到了苔藓的清凉，于是看到了一个被放大的世界，那里藏着物种进化的奥秘，在被阴影统领的疆域里，也有着勃勃生机。

在乡村寻找阴影，挺难的，不像城市，高大的建筑群和高架桥，数不胜数的地下通道、地下停车场与地下室，都可以长期提供阴凉的空间。村庄是地球上最为裸露的一个小小的地方，从万米高空往下俯视，它的确不值一提，和一个草垛、一个鸟巢相比，没有什么特别之处。在村庄，树荫不能算阴影，因为随着日头的转换，树下的阴影也会不断挪移，刚才还有些凉意的地方，转瞬就被烈日抚摸过了；河流不能算阴影，河水虽能带来凉意，但跳进河里之后，从水深处抬头看，可以看见太阳明晃晃地在头顶晃动；庄稼哪怕再高大，也无法提供阴影，人们在庄稼地里总是匆匆忙忙，没谁可以悠闲到躺在麦子、玉米或者水稻投下的阴影面积中休憩……

村庄中阴影很少是有道理的，因为阴影没法提供能量，只有阳光才可以，阳光哺育着庄稼和人类，阳光特别慷慨，可就是因为这份肆意的慷慨，让阴影没了生存之地。但按照万物规则，有开花必有落花，有旺盛必有衰败，有盛开必有枯萎，所以，这个星球上的光明与阴影，在整体上应该是相等的，就像昼与夜，以年为单位，平均起来计算几乎没有长短的区别。如果一个人的生命里尽是阳光，那肯定会有人替他挡住了绝大多数的阴影。

3

我的阴影来自一个雨夜，一个雨下起来没完没了的夜，村庄成为一叶漂在大海中的小舟，我能感觉到一切都是起伏的，首先是窗棂外的院子，其次是村里村外或窄或宽的道路，再者是我想象力能达到的地域边界，它们都像被海浪一样推着、涌动着，我产生了晕船的感觉，开始在床头呕吐，呕吐后产生了漫长的绝望。

摇晃的梧桐树化身为“妖魔鬼怪”，它细长的肢体抽打着屋顶，每一枚叶片都长大了数倍，透过窗棂它看见微弱烛光后的孩子，他并不比一片叶子大多少，于是它更疯狂地摇晃起来，像是要把自己连根拔起走出这个家门。雨点砸在梧桐树叶的叶面上，每一滴，每一下，都发出巨大的声响，那些雨有一会儿是瓢泼下来的，有一会儿是缓慢坠落的，但无论雨量大小，都像是一场在进行中的酷刑。我期望那棵梧桐树能离开这个院子，但事与愿违，一直到清晨，那雨还不肯散去，村庄的天空，像一张揉皱的阴沉的脸。

那个雨夜让我大病一场，从此郁郁寡欢，以这个雨夜为标志，阳光灿烂的村庄从此长年累月地下雨，我清楚地记得有一场连绵不绝的雨一直下了整整三十二天，外面道路成河。所有人都在盼望着晴天，好晒晒黏糊糊贴在身上的衣服。我住进城市里之后，每次搬家，第一件事总是安置好烘干机，湿衣服已经给我留下深深的阴影，那时我常想，如果有一天可以逃离村庄，一定要去往干燥的北方，那里难得下雨，走在宽阔街道边上的人行道上，想要跳进阳光里是件很容易的事情。

意识到内心的阴影面积开始不受约束地扩张时，我开始学习做一名狩猎者。奶奶仿佛看到了我的心事，意味深长地告诉我：如果走夜路看到害怕的东西就破口大骂。可是在幽深的巷子里，在黄昏的坟地边，在月光照不到的庄稼地田埂上，有无数次话到嘴边我却一个字也说不出来。咒骂在乡村是一道护身符，是刺破阴影与黑暗的一道利器，但我总担心那些话语一旦脱口而出非但解决不了阴影的问题，反而会让自己坠入更深的深渊。所以当阴影由内至外或者由外至内袭来时我选择闭上眼睛。

在被阴影掌控的时间段里我不敢看人的面庞和眼睛，村庄里的人都变成了油画中的人，他们的衣服有着灿烂的颜色，但每个人的面庞都像弗朗西斯·培根笔下的抽象画。他们微笑着向我走近的时候，我看见他们脸上荡漾着的波纹，他们走向我就像一棵大树走向我。我知道发生这样的视觉错误并非他们的问题而是我自己的问题，于是在沉默中我学习做一名战士，不停地制作弓箭与刀斧，在夜深人静的时候一次次向自己的内部发起进攻。那时候通常有风雨作伴，而我逐渐地不再恐惧，在无限的阴影中我看见自己逐渐成为一枚闪亮的斑点。

狩猎阴影是一个漫长的过程，大约计算了一下，这个过程持续了二十余年。一场发生了二十余年的战争，它永远在不动声色地进行着，如果你与我在交谈时发现我偶尔变得言不由衷或者失去了交接话的灵活性，那便是我被扯入了战争当中。有时候是局部的，瞬间发生瞬间结束，持续不过几十秒的时间；有时候是漫长的，在长达数天的时间里我躲在不开灯的房间中，在沙发的包裹下，努力地运气、发力驱逐那些阴影的踪迹，把它们赶进山洞里，赶进牢房里，赶进地沟中。对于阴影的赶尽杀绝成为我的终极目标，虽然知道这是一个不可能完成的任务，但我想要阴影最终缩成一团，并且随时可以被粉碎一空。

有一天那阴影消失了。那是我刚写完一篇文字之后，走到阳台，打开窗户，呼吸着外面新鲜的空气，我忽然看见了童年时村庄的阳光，那是大埠子村变成马孔多村之前的景象，那阳光垂直地普照在窗子外面，有点儿陌生，但我知道那阳光不是装饰性的窗帘，而是真真实实从一点五亿公里外照射而来，它每天都准时地出现，这让人笃定地相信，再漫长的雨天，再庞大的阴影，都是短暂而渺小的。

4

我见过一些阴影狩猎者，有朋友，有陌生人，有男，有女，有的阳光开朗，有的低调沉稳……从表面上看来，他们与正常的人类没有什么不同（这是什么话，他们就是正常的人类），但是在办公室，在酒桌上，在一面之缘里，在擦肩而过中，我们都可以轻易地认出对方，彼此默契地一笑，投以赞许的眼神，无论相聚时间长短，分别时都会看着对方的背影送上祝福。

被阴影袭击过的人，外在或内里或多或少都有一份破碎感。我在公司上班时有一位同事，我们经常几个人结伴到公司所在大厦背后的街道饭馆里吃工作午餐，街道很宽阔，两边的餐馆很多，我们一边散步一边斟酌着午餐的去处。他是个瘦高个儿，脸是白净的，皮肤有些松弛，但恰到好处地体现出一份颓废感。他总是穿着一身干净而又特别的衣服，显得年轻又有品位。他说话慢条斯理，非常懂礼貌，偶尔也说几句俏皮话，但在沉思的时候，他的那个阴影狩猎者的身份就会不自觉地浮现出来。那个身份像一个魂魄，看守得稍不仔细，就会浮出皮层，警惕地观察周边。这样的时候我通常不会打扰他，等着他默默地回过神来，等他递过来一支烟，两个人点上，边抽着烟边往公司的方向走。

这样的午餐时光持续了有半年之久，后来因为他的离职我就再也没有参与午餐队伍，选择了点外卖送到办公桌上。我以为有了这段经历我们会成为很好的朋友，至少也是一年见一次面、吃一顿饭的朋友，但其实不是，自他去了别的公司后就一直没有联系，但我并不因此感到遗憾，甚至有一点点觉察不到的喜悦。对于我们阴影狩猎者而言，从不交换秘密是一道准则，我们有着各自的过去与心灵领地，它们并没有交叉的地方，我们在各自的狩猎场，猎杀的怪兽也不尽相同。如果说起来的话，会很容易找到共同话语，但不说似乎更符合阴影狩猎者的身份属性——太熟悉一个人的战斗了，结伴而行只会让我们觉得没有必要。

阴影狩猎者很会隐藏自己的身份，如果你见到一个人满足你对一个完美主义者的所有想象，那么很有可能这一切都是他刻意想让你看到的。对于拥有这个身份的人来说，表演并不是一项困难的技术，他可以游刃有余地完成，因为在阴影中，他无数次观察过明亮光线下生活的人们，就像坐在黑暗观众席观察被聚光灯照耀的舞台上的演员那样，他牢记每个人物、每个形象、每个细节、每句台词，他反复把这些刻进自己的脑海并且在黑暗里经常练习，所以当他有一天非常突兀地被扔到那个舞台中央的时候，他一样能够轻松地完成任务。

我拥抱过一个阴影狩猎者，他可能并未识破我与他是同类，所以在喝醉后诉说完几段久远的往事之后我们相拥而泣，在如此感性的时刻，我忍不住告诉他，这其实并没有什么，每个人都曾有过被乌云与大雨追着跑的经历，人们往往觉得阴影曾占满所有天空，在大地投下无边的枷锁，其实这是个天大的误解，乘坐飞机在万里高空飞过的时候向下俯视，很容易发现一片雨云只不过笼罩了方圆几公里、十几公里的面积而已。所以，真正胜利的阴影狩猎者不是永远躲避阴影，而是站在有阴影的地方坦然地看待明亮，换个角度也是如此，站在明亮的地方也是坦然地看待阴影。

一位朋友把他的朋友圈签名写成了“有阴影的地方，就一定有光芒”，我知道他的这句话灵感来源于莱昂纳德·科恩的“万物皆有裂痕，那是光照进来的地方”，但仍然对此欣赏不已。他已经在明暗之中穿行自如，从不自怜自哀，狩猎者、勇者、赢者的身份通通都不重要了，阴影狩猎者最终的目的是忘了自己为何而来、因何而去，回到起初，回到懵懂，或是他们更在意的状态。

我在城市里可以看到无数阴影狩猎者，他们行色匆匆，各有背负，但在我的故乡却极少见到这样的人，或许他们也像多年前的我一样，早早地通过离开完成了一个人的战争。如今的我一个人走在故乡的街上，从未转过身来观察自己的影子被光线拖得是长是短，我只看前方，只平视远处，我卸下了所有盔甲，两手空空，内心却饱满充实，在人生这块大银幕上，光明与阴影的故事还将继续上演。

图书在版编目（CIP）数据

燃烧的麦田 / 韩浩月著 . -- 南京：江苏凤凰文艺出版社，2024.1
ISBN 978-7-5594-7934-1

Ⅰ . ①燃… Ⅱ . ①韩… Ⅲ . ①散文集 – 中国 – 当代
Ⅳ . ① I267

中国国家版本馆 CIP 数据核字（2023）第 158585 号

燃烧的麦田

韩浩月 著

出 版 人　张在健
责任编辑　姜业雨
责任印制　刘　巍
出版发行　江苏凤凰文艺出版社
　　　　　南京市中央路 165 号，邮编：210009
网　　址　http://www.jswenyi.com
印　　刷　苏州市越洋印刷有限公司
开　　本　880 毫米 ×1230 毫米 1/32
印　　张　9
字　　数　180 千字
版　　次　2024 年 1 月第 1 版
印　　次　2024 年 1 月第 1 次印刷
书　　号　ISBN 978-7-5594-7934-1
定　　价　59.00 元